U0670173

夏丏尊经典作品集

夏丏尊 著

花山文艺出版社

河北·石家庄

图书在版编目（CIP）数据

夏丏尊经典作品集 / 夏丏尊著. -- 石家庄 : 花山
文艺出版社，2018.4（2024.6 重印）
ISBN 978-7-5511-3875-8

Ⅰ．①夏… Ⅱ．①夏… Ⅲ．①散文集－中国－现代
Ⅳ．①I266

中国版本图书馆CIP数据核字(2018)第048912号

书　　名：**夏丏尊经典作品集**
　　　　　XIA MIANZUN JINGDIAN ZUOPIN JI

著　　者：夏丏尊

策　　划：张采鑫
责任编辑：王　磊
特约编辑：李文生
装帧设计：北京九洲鼎图书有限公司
美术编辑：王爱芹
出版发行：花山文艺出版社（邮政编码：050061）
　　　　　（河北省石家庄市友谊北大街330号）
销售热线：0311-88643299/96/17
印　　刷：三河市中晟雅豪印务有限公司
经　　销：新华书店
开　　本：710mm×1000mm　1/16
印　　张：10
字　　数：110千字
版　　次：2018年6月第1版
　　　　　2024年6月第3次印刷
书　　号：ISBN 978-7-5511-3875-8
定　　价：49.80元

（版权所有　翻印必究·印装有误　负责调换）

他爱朋友，爱青年，他关心他们的一切。他的态度永远是亲切的，他的说话也永远是亲切的。

——李叔同

写文章要讲究"真实"和"明确"；为了做到这两点，就必须在说话作文时留心6个"W"：为什么要作这文（why）？在这文中所要叙述的是什么（what）？谁在作这文（who）？在什么地方作这文（where）？在什么时候作这文（when）？怎样作这文（how）？真正每作一文都能明确回答这6个"W"，文风就正了。

——夏丏尊

序

中华人民共和国成立几十年来，语文教学实现了由"语文教学大纲"到"语文课程标准"再到"语文核心素养"的三级跳远。如果说"语文教学大纲"解决了森林的每棵树是什么的问题，那么，"语文课程标准"就解决了由树成林的整体观是什么样子的问题，而"语文核心素养"则解决了树如何成林、成林后有什么用处的大问题。

在"语文教学大纲"时代，传递一个一个的知识点是教学的重要任务，于是文章里的知识点在课堂上被一一讲解，学生虽掌握了知识点却难免"只见树木不见森林"。"语文课程标准"的颁布实施，让语文教学前进了一大步，真正把语文教学放在"课程"里整体思考，整体设计教学思路，将知识、能力、情感、态度、价值观融为一体统筹安排，但其终极目标还不够清晰。"语文核心素养"是在全面落实"立德树人"教育目标下提出来的，旨在通过语文自有的教育功能为当代合格青少年的成长过程提供必要的养料和条件。

什么是"语文核心素养"？北京师范大学资深教授王宁认为，语文核心素养是学生在积极主动的语言实践活动中构建起来，并在真实的语言运用情境中表现出来的个体语言经验和言语品质；是学生在语文学习中获得的语言知识与语言能力、思维方法和思维品质，是基于正确的情感、态度和价值观的审美情趣和文化感受能力的综合体现。简言之，语文核心素养包含四个关键词，即语言、思维、审美和文化。

我们为什么要阅读经典，如何阅读经典，它和语文核心素养的养成有什么关系？

我们可以站在阅读经典这个制高点上，去回首我们的过去的经历，评判我们的得失；也可以以更加开阔的视野瞭望世界，"极目楚天舒"。这说明"读什么"比"怎么读"更为重要。

中外经典繁多。中国古代文学是一座宝库，但阅读它们需要掌握一定的知识和能力，需要有适合的导读和引领。中国现代文学离我们不太遥远，其所处时代的特殊性给我们的阅读提供了多种可能性。因此，在几年前"经典阅读与中学语文教学"课题被中国教育学会中学语文教学专业委员会批准立项时，课题组就锁定中国现代文学经典作为研究对象。这些经典，不仅有 20世纪二十至四十年代冲破铁屋子的呐喊、落后与苦难下的坚守、民族存亡的抗争，也有中华人民共和国成立的喜悦和人民投身火热建设中的豪情，作品中表现的家国情怀无不令人动容。通过阅读这些经典，学习作家们的语言运用技巧，以积累好词好句，提升自己的语言建构与运用能力；学习作家们批判与发现的精神，以促进自己的思维发展与提升；学会欣赏和评价作家们的作品，以培养自己的审美鉴赏与创造能力；学习作家们对中外文化的包容、借鉴、继承，以加强自己对文化的传承与理解。

最后借用我国著名作家王蒙先生的话与读者共勉：读书的亮点在于照亮生活，生活的亮点包括积累智慧与学问。生活与读书是互见、互证、互相照耀的关系。用脑阅读，用心阅读！用阅读攀登精神的高峰！

目录

独步眼中的自然，不只是幽玄的风景，乃是不可思议的可惊可怖的谜，同时就是人生的谜。

物质主义与精神主义是绝对不能两立的两种主义，其实两者之中只要彻底一种，就能通彻到另一种。

自叙之一

怯　弱　者

一

阴历七月中旬，暑假快将过完。他因在家乡住厌了，就利用了所剩无几的闲暇，来到上海。照例耽搁在他四弟行里。

"老五昨天又来过了，向我要钱，我给了他十五块钱。据说前一会儿浦东纱厂为了五卅事件，久不上工，他在领总工会的维持费呢。唉，可怜！"兄弟晤面了没有多少时候，老四就报告幼弟老五的近况给他听。

"哦！"他淡然地说。

"你总只是说'哦'，我真受累极了。钱还是小事，看了他那样儿，真是不忍。鸦片恐还在吃吧，你看，靠了苏州人做女工，哪里养得活他。"

"但是有什么法子啰！"他仍淡然。

自从老五在杭州讨了所谓苏州人，把典铺的生意失去了以后，虽同住在杭州，他对于老五就一反了从前劝勉慰藉的态度，渐渐地敬而远之起来。老五常到他家里来，诉说失业后的贫困和妻妾间的风波，他除了于手头有钱时接济些以外，一概不甚过问。老五有时说家里有菜，来招他吃饭，他也托故谢绝。他当时所最怕的，是和那所谓苏州人的女人见面。

"见了怎样称呼呢？她原是拱宸桥货，也许会老了脸皮叫我三哥吧，我叫她什么？不尴不尬的！"这是他心里老抱着的顾虑。

有一天，他从学校回到家里，妻说：

"今天五弟领了苏州人来过了，说来见见我们的，才回去哩。"

他想，幸而迟了些回来，否则糟了。但仍不免为好奇心所驱：

"是什么样一个人？漂亮吗？"

"也不见得比五娘长得好。瘦长的身材，脸色黄黄的，穿得也不十分讲究。据说五弟当时做给她的衣服有许多已经在典铺里了。五弟也憔悴得可怜，和在当铺里时比起来，竟似两个人。何苦啊，真是前世事！"

老五的状况，愈弄愈坏。他每次听到关于老五的音信。就想象到自己手足沉沦的悲惨。可是却无勇气去直视这沉沦的光景。自从他因职务上的变更迁居乡间，老五曾为年过不去，奔到乡间来向他告贷一次，以后就无来往，唯从他老四那里听到老五的消息而已。有时到上海，听到老五已把正妻逼回母家，带了苏州人到上海来了。有时到上海，听到老五由老四荐至某店，亏空了许多钱，老四吃了多少的赔账。有时到上海，听到老五梅毒复发了，卧在床上不能行动。后来又听到苏州人入浦东某纱厂做女工了，老五就住在浦东的贫民窟里。

当老四每次把老五的消息说给他听时，他的回答，只是一个"哦"字。实际，在他，除了回答说"哦"以外，什么都不能说了。

"不知老五究竟苦到怎样地步了，既到了上海，就去望他一次吧。"有时他也曾这样想。可是同时又想到：

"去也没用，梅毒已到了第三期了，鸦片仍在吸，住在贫民窟里，这光景见了何等难堪。况且还有那个苏州人……横竖是无法救得了，还是有钱时送给他些吧，他所要的是钱，其实单靠钱也救他不了……"

自从有一次在老四行里偶然碰见老五，彼此说了些无关轻重的话就别开以后，他已有两年多不见老五了。

二

到上海的第二天，他才和朋友在馆子里吃了中饭回到行里去，见老四皱了眉头和一个工人模样的人在谈话。

"老三，说老五染了时疫，昨天晚上起到今天早晨泻了好几十次，指上的螺纹也已瘪了。这是老五的邻居，特地从浦东赶来通报的。"他才除了草帽，就从老四口里听到这样的话。

"哦。"他一壁回答，一壁脱下长衫到里间去挂。

"那么，你先回去，我们就派人来。"他在里间听见老四送浦东来人出去。

立时，行中伙友们都失了常度似的说东话西起来了。

"前天还好好地到此地来过的。"张先生说。

"这时候正危险，一不小心……"在打算盘的王先生从旁加入。

老四一进到里间，就神情凄楚地说：

"说是昨天到上海来。买了两块钱的鸦片去。——大概就是我给他的钱吧！——因肚子饿了，在小面馆里吃了一碗面，回去还自己煎鸦片的。到夜饭后就发起病来。照来人说的情形，性命恐怕难保得了。事已如此，非有人去不可。我也未曾去过，有地址在此，总问得到的。你也同去吧。"

"我不去！"

"你怕传染吗？自己的兄弟呢。"老四瞪了目说。

"传染倒不怕，我在家里的时候，请医生打过预防针了。实在怕见那种凄惨的光景。我看最要紧的还是派个人去，把他送入病院吧。"

"但是，总非得有人去不可。你不去，只好我一个人去。——一个人去也有些胆小，还是叫吉和叔同去吧。他是能干的，有要紧的时候可以帮帮。"老四一壁说一壁急摇电话。

　　果然，吉和叔一接电话就来，老四立刻带了些钱着了长衫同去了。他只是懒懒地靠在沙发上目送他们出门。行中伙友都向他凝视，那许多惊讶的眼光，似乎都在说他不近人情。

　　他自己也觉得有些不近人情，自恨自己怯弱，没有直视苦难的能力，却又具有着对于苦难的敏感。身子虽在沙发上，心已似飞到浦东，一味作着悲哀的想象："老五此刻想来泻得乏力了，眼睛大约已凹进了，据说霍乱症一泻肉就瘦落的。——不，或者已气绝了。……"

　　他努力要把这种想象压住，同时却又引起了联想，纷然地回忆起许多往事来：记到儿时兄弟在老屋檐前怎样玩耍，母亲在日怎样爱恋老五，老五幼时怎样吃着嘴讲话讨人欢喜，结婚后怎样不平，怎样开始放荡，自己当时怎样劝导，第一次发梅毒时，自己怎样得知了跑到拱宸桥去望他，怎样想法替他担任筹偿旧债。又记到自己幼时逢大雷雨躲入床内，得知家里要杀鸡就立即逃避，看戏时遇到《翠屏山杀嫂》等戏要当场出彩，预先俯下头去，以及妻每次生产时不敢走入产房，只在别室中闷闷地听着妻的呻吟声默祷她安全的光景。又记得二十五岁那年母亲在自己手腕上气绝时自己的难忍，五岁爱儿患了肺炎将断气时虽嘶了声叫"爸爸来，爸爸来"，自己不敢走近去抱他，终于让他死在妻怀里的情形。

　　种种的想象与回忆，使他不能安坐在沙发上。他悄然地披上长衣，拿了草帽无目的地向外走去。见了路上的车水马龙，愈觉着寂寥，夕阳红红地射在夏布长衫上，可是在他却时觉有些寒噤。他荡了不少的马路，终于走入一家酒肆，拣了一个僻静的位子坐下。

电灯早亮了，他还是坐着，约莫到了八点多钟，才懒懒地起身。他怕到了老四行里，得知恶消息，但不得消息又不放心。大了胆到了行里，见老四和吉和叔还未回行，又忐忑不安起来：

"这许多时候不回来，怕是老五已经死了。也许是生死未定，他们为了救治，所以离不开身。"这样自己猜忖。

老四等从浦东回来已在九点钟以后。

"你好！这样写意地躺在沙发上，我们一直到此刻才算'眼不见为净'，连夜饭都还未下肚呢！"吉和叔一进来就含笑带怒地说。

他一听了吉和叔的责言，几乎要辩解说："我在这里恐怕比你们更难过些。"可是终于咽住。因为从吉和叔的言语和神情，推测到老五还活着，紧张的心绪也就宽缓了些。

"病得怎样？不要紧吗？"他禁不住一见老四就问。

"泻是还在泻，神志尚清，替他请了个医生来打过盐水针，所以一直弄到此刻。据医生说温度已有些减低，救治欠早，约定明晨再替他诊视一次，但愿今夜不再泻，就不要紧。——我们要回来，苏州人向着我们哀哭，商量后事，说她曾割过股了，万一老五不好，还要替他守节。却不料妓女中竟有这样的人。——老五自己说恐怕今夜难过，要我们陪他。但是地方真不像个样子，只是小小的一间楼上，便桶风炉就在床边，一进房便是臭气。我实在要留也不能留在那里，只好硬了心肠回来。"

吉和叔说恐受有秽气，吃饭时特叫买高粱酒，一壁饮酒一壁杂谈方才到浦东去的情形：说什么左右邻居一见有着长衫的人去，就大惊小怪地围拢来，医生打盐水针时，满房站满了赤膊的男人和抱小孩的女人，尽回复也不肯散，以及小弄堂内苍蝇怎样多，想到自己祖父名下的人落魄到住这种场所，心里怎样难过。他只是托了头坐在旁边听着。等到饭毕，吉和叔回去了，他还是茫然地坐在原处不动。

"我预备叫车夫阿兔到浦东去，今夜就叫他陪在那里，有要紧即来报告。再向朋友那里挑些大土膏子带去。今夜大约是不要紧的，且到明天再说吧。"老四一壁说，一壁就写条子问朋友借鸦片，按电铃叫车夫阿兔。

"死了怎样呢？"他情不自禁地自己叽咕着说。

"死了也没有法子，给他备衣棺，给他安葬，横竖只要钱就是了。世间有你这样的人！还说是读书的！遇事既要躲避，又放不下，老是这样黏缠！"

老四说时笑了起来。他也不觉为之破颜，自笑自己真太呆蠢，记起母亲病危时妻的话来：

"你这样夜不合眼，饭也不吃，自割自吊地烦恼，倒反使病人难过，连我们也被你弄得心乱了。你看四弟呵，他服侍病人，延医，买药，病人床前有人时，就偷空去睡，起来又做事，何尝像你的空忙乱！"

老四回寓以后，他也就睡，因为睡不着，重起来把电灯熄了。电灯一熄，月光从窗间透入。记起今夜是阴历七月十五的鬼节，不禁有些毛骨悚然，似乎四周充满了鬼气似的。

三

天一亮，车夫阿兔回来，说泻仍未止，病势已笃，病人昨天知道老三在上海，夜间好几次地说要叫老三去见见。

他张开了红红的眼，在床上坐起身来听毕车夫阿兔的报告。

"哦！知道了！"

他胡乱地把面洗了，独自坐在沙发上，拿了一张旧报纸茫然地看着。心里不绝地回旋：

"这真是兄弟最后的一会了……但正唯其是兄弟，正唯其是最后一会，所以不忍。别说他在浦东贫民窟里，别说还有那个所谓苏州人，就是他清清爽爽地在自己老家里，到这时我也要逃开的……可惜昨天不去，昨天去了，不是也过去了吗？昨天不去，今天更不忍去了。……不过，不去又究竟于心不安。……"

这样的自己主张和自己打消，使他苦闷得坐不住，立起身来在客堂圆桌周围只管绕行！一直到行中伙友有人起来为止。

九时，老四到行，从车夫阿兔口中问得浦东消息，即问他说：

"那么，你就去一趟吧，叫阿兔陪你去好吗？"

"我不去！"他断然地说。

兄弟二人默然相对移时。浦东又有人来急报病人已于八时左右气绝了。

"终于不救！"老四闻报叹息说。

"唉！"他只是叹息。同时因了事件的解决，紧张的心情反觉为之一宽。

行中伙友又失起常度来了，大家聚拢来问讯，互相谈论。

"季方先生人是最好的，不过讨了个小，景况又不大好。这样死了，真是太委屈了！"一个说。

"他真是一个老实人，因为太忠厚了，所以到处都吃亏。"一个说。

"默之先生，早知道如此，你昨天应该去会一会的。"张先生向着他说。

"去也无用，徒然难过。其实，像我们老五这种人，除了死已没有路了的。

死了倒是他的福。"他故意说得坚强。

老四打发了浦东来报信的人回去，又打电话叫了吉和叔来，商量买棺木衣衾，及殓后送柩到斜桥绍兴会馆去的事。他只是坐在旁听着。

"棺材约五六十元，衣衾约五六十元，其他开销约二三十元，将来还要运送回去安葬。……"老四拨着算盘子向着他说。

"我虽穷，将来也愿凑些。钱的事情究竟还不算十分难。"

吉和叔和老四急忙出去，他也披起长衣，就怅怅无所之地走出了行门。

四

当夜送殓，次晨送殡，他都未到。他携了香烛悄然地到斜桥绍兴会馆，是在殡后第二日下午，他要动身回里的前几点钟。

一下电车，沿途就见到好几次的丧事行列，有的有些排场，有的只是前面扛着一口棺材，后面东洋车上坐着几个着丧服的妇女或小孩。

"不过一顿饭的工夫，见到好几十口棺材了，这几天天天如此，人真不值钱啊。"他因让路，顺便走入一家店铺买香烟时，那店伙自己在叽咕着。

他听了不胜无常之感。走在烈日之中，汗虽直淋，而身上却觉有些寒栗。因了这普遍的无常之感，对于自己兄弟的感伤，反淡了许多，觉得死的不但是自己的兄弟。

进了会馆门，见各厅堂中都有身着素服的男女休息着，有的泪痕才干，眼睛还红肿，有的尚在啜泣。他从管会馆的司事那里问清了老五的殡所号数，叫茶房领到柩厂中去。

穿过圆洞门，就是一弄一弄的柩厂。厂中阴惨惨的，不大有阳光，上下重叠地满排着灵柩，远望去有黑色的，有赭色的，有和头上有金花样的。两旁分排，中间只有一人可走的小路。他一见这光景，害怕得几乎要逃出，勉强大着胆前进。

"在这弄里左边下排着末第三号就是，和头上都钉得有木牌的。你自去认吧。"茶方指着弄口，说了就走了。

他才踏进弄，即吓得把脚缩了出来。继而念及今天来的目的，于是重新屏住了鼻息目不旁瞬地进去。及将至末尾，才去注意和头上的木牌。果然找着了，棺口湿湿的似新封未干，牌上写着的姓名籍贯年龄，确是老五。

"老五！"他不禁在心里默呼了一声，鞠下躬去，不禁泫然落下泪来，满想对棺祷诉，终于不敢久立，就飞步地跑了出来。到弄外呼吸了几口大气，又向弄内看了几看才走。

到了客堂里，茶房泡出茶来，他叫茶房把香烛点了，默默地看着香烛坐了一会儿。

"老五！对不住你！你是一向知道我的，现在应更知道我了。"这是他离会馆时心内的话。

一出会馆门，他心里顿觉宽松了不少，似乎释了什么重负似的。坐在从斜桥到十六铺的电车上，他几乎睡去。原来，他已疲劳极了。

上船不久，船就开驶，他于船初开时，每次总要出来望望的。平常总向上海方面看，这次独向浦东方面看。沿江连排红顶的码头栈房后背，这边那边地矗立着几十支大烟囱，黑烟在夕阳里败絮似的喷着。

"不知哪条烟囱是某纱厂的，不知哪条烟囱旁边的小房子是老五断气的地方。"他竖起了脚跟，伸了头颈注意一一地望。

船已驶到几乎看不到人烟的地方了，他还是靠在栏杆上向船后望着。

长 闲

他午睡醒来，见才拿在手中的一本《陶集》，皱折了倒在枕畔。午饭时还阴沉的天，忽快晴了，窗外柳丝摇曳，也和方才转过了方向。新鲜的阳光把隔湖诸山的皱折照得非常清澈，望去好像移近了一些。新绿杂在旧绿中，带着些黄味。他无识地微吟着"此中有深意，欲辨已忘言"，揉着倦饧饧的眼，走到吃饭间。见桌上并列地丢着两个书包，知道两个女儿已从小学散学回来了。屋内寂静无声，妻的针线笸里，松松地闲放着快做成的小孩单衣，针子带了线斜定在纽结上。壁上时钟正指着四点三十分。

他似乎一时想走入书斋去，终于不自禁地踱出廊下。见老女仆正在檐前揩抹预备腌菜的瓶坛，似才从河埠洗涤了来的。

"先生起来了，要脸水吗？"

"不要。"他躺在摆在檐头的藤椅上，燃起了卷烟。

"今天就这样过去吧，且等到晚上再说了。"他在心里这样自语。躺了吸着烟，看看墙外的山，门前的水，又看看墙内外的花木，悠然了一会儿。忽然立起身来，从檐柱上取下挂在那里的小锯子，携了一条板凳，急急地跑出墙门外去。

"又要去锯树了。先生回来以后，日日只是弄这些树木的。"他听到女仆在背后这样带笑说。

方出大门，见妻和两个女孩都在屋前园圃里：妻在摘桑，两个女孩在旁"这片大，这片大"地指着。

"阿吉，阿满，你们看，爸爸又要锯树了。"妻笑着说。

"这丫杈太长了，再锯去它。小孩别过来！"他踏上凳去，把锯子搁到方才看了不中意的柳枝去。

小孩手臂样粗的树枝啪地一落下，不但本树的姿态为之一变，前后左右各树的气象及周围的气氛，在他看来也都一新。携了板凳回入庭心，把头这里那里地侧着看了玩味一会儿，觉得今天最得意的事就是这件了，于是仍去躺在檐头的藤椅上。

妻携了篮进来。

"爸爸，豌豆好吃了。"阿满跟在后面叫着说，手里捻着许多小柳枝。

"哪，这样大了。"妻揭起篮面的桑叶，篮底平平地叠着扁阔深绿的豆荚。

"啊，这样快！快去煮起来，停会儿好下酒。"他点着头。

黄昏近了，他独自缓饮着酒，桌上摆着一大盘的豌豆，阿吉阿满也伏在桌上抢着吃。妻从房中取出蚕笾来，把剪好的桑叶铺撒在灰色蠕动的蚕上，两个女孩几乎要把头放入笾里去。妻擎起笾来逼近窗口去看，一手抑住她们的攀扯。

"就可三眠了。"妻说着，把蚕笾仍拿入房中去。

他一壁吃着豌豆，一壁望着蚕笾，在微醺中又猛触到景物变迁的迅速，和自己生活的颓唐来。

"唉！"不觉泄出叹声。

"什么了？"妻愕然地从房中出来问。

"没有什么。"

室中已渐昏黑，妻点起了灯，女仆搬出饭来。油炸笋，拌莴苣，炒鸡蛋，都是他近来所自各为山家清供而妻所经意烹调的。他眼看着窗外的暝色，一杯一杯地只管继续饮。等妻女都饭毕了，才放下酒杯，胡乱地吃了小半碗饭，含了牙签，踱出门外去，在湖边小立，等暗到什么都不见了，才回入门来。

吃饭间中灯光亮亮的，妻在继续缝衣服，女仆坐在对面用破布叠鞋底，一壁和妻谈着什么。阿吉在桌上布片的空隙处摊了《小朋友》看着，阿满把她半个小身子伏在桌上，指着书中的猫或狗强要母亲看。一灯之下，情趣融然。

他坐在壁隅的藤椅子上，燃起卷烟，只沉默了对着这融然的光景。昨日在屋后山上采来的红杜鹃，已在壁间花插上怒放，屋外时而送入低而疏的蛙声。一切都使他感觉到春的烂熟。他觉得自己的全身心已沉浸在这气氛中，陶醉得无法自拔了。

"为什么总是这样懒懒的！"他不觉这样自语。

"今夜还做文章吗？春天是熬不得夜的，为什么日里不做些！日里不是睡觉，就是荡来荡去，换字画，换花盆，弄得忙煞。夜里每夜弄到一两点钟。"妻举起头来停了针线说。

"夜里静些啰。"

"要做也不在乎静不静，白马湖真是最静也没有了。从前在杭州，比这里不知要嘈杂得多少，不是也要做吗？无论什么生活，宴坐牢了才做得出。我这几天为了几条蚕，采叶呀，什么呀，人坐不牢，别的生活就做不出，阿满这件衣服，本来早就该做好了的，你看，到今天还未完工呢。"

妻的话，这时在他，真比什么"心能转境"等类的宗门警语还要痛切。觉得无可反对，只好逃避说：

"日里不做夜里做，不是一样的吗？"

"昨夜做了多少呢？我半夜醒来还听见你在天井里踱来踱去，口里念念着什么'明日自有明日'哩。"

"不是吗？我也听见的。"女仆羼入。

"昨夜月色实在太好了，在书房里坐不牢。等到后半夜上云了，人也倦了，一点都不曾做啊。"他不禁苦笑了。

"你看！那岂不是与灯油有仇？前个月才买来一箱火油，又快完了。去年你在教书的时候，一箱可点三个多月呢。——赵妈，不是吗？"妻说时向着女仆，似乎要叫她作证明。

"火油用完了，横竖先生会买回来的。怕什么？嗄，满姑娘！"女仆拍着阿满笑着说。

"洋油也是爸爸买来的，米也是爸爸买来的。阿吉的《小朋友》也是爸爸买来的，屋里的东西，都是爸爸买来的。"阿满把快要睡去的眼张开了说。

女仆的笑谈，阿满的天真烂漫的稚气，引起了他生活上的忧虑。妻不知为了什么，也默然了，只是俯了头动着针子。一时沉默支配着一室。

三个月来的经过，很迅速地在他心上舒展开了：三个月前，他弃了多年厌倦的教师生涯，决心凭了仅仅够支持半年的储蓄，回到白马湖家里来，把一向当作副业的笔墨工作改为正业，从文字上去开拓自己的新天地。"每月创作若干字，翻译若干字，余下来的工夫便去玩山看水。"当时的计划，不但自己得意，朋友都艳羡，妻也赞成。三个月来，书斋是打叠得很停当了，房子是装饰得很妥帖了，有可爱的盆栽，有安适的几案，日日想执笔，刻刻想执笔，终于无所成就。虽着手过若干短篇，自己也不满足，都是半途辍笔，或愤愤地撕碎了投入纸篓里。所有的时间都消磨在风景的留恋上。在他，朝日果然好看，夕阳也好看，新月是妩媚，满月是清澈，风来不禁倾耳到屋后的松籁，雨霁不禁放眼到墙外的山光，一切的一切，都把他牢牢地捉住了。

想享受自然的乐趣，结果做了自然的奴隶，想做湖上诗人，结果做了湖上懒人。这也是他所当初万不料及，而近来深深地感到的苦闷。

"难道就这样过去吗？"他近来常常这样自讼，无论在小饮时，散步时，看山时。

壁间时钟打九时。

"咿呀！已九点钟了。时候过得真快！"妻拍醒伏在膝前睡熟的阿满，把工作收拾了，吩咐女仆和阿吉去睡。

他懒懒地从藤椅子上立起身来，走向书斋去。

"不做么，早睡啰！"妻从背后叮嘱。

"呃。"他回答，"今夜是一定要做些的了，难道就这样过去吗？从今夜起。"又暗自下了决心。

立时，他觉得全身就紧凑了起来，把自己从方才懒洋洋的气氛中拉出了，感到一种胜利的愉快。进了书斋门，急急地摸着火柴把洋灯点起，从抽屉里取出一篇近来每日想做而终于未完工的短篇稿来，吸着烟，执着自来水笔，沉思了一会儿，才添写了几行，就觉得笔滞，不禁放下笔来举目凝视到对面壁间的一幅画上去。那是朽道人十年前为他做的山水小景，画着一间小屋，屋前有梧桐几株，一个古装人儿在树下背负了手看月。题句是："明日事自有明日，且莫负此梧桐月色也。"他平日很爱这画，一星期前，他因看月引起了情趣，才将这画寻出，把别的画换了，挂在这里的。他见了这画，自己就觉得离尘脱俗，做了画中人了。昨夜妻在睡梦中听到他念的，就是这画上的题句。

他吸着烟，向画幅悠然了一会儿，几乎又要踱出书斋去。因了方才的决心，总算勉强把这诱惑抑住。同时，猛忆到某友人"清风明月不用一钱买，但是也不能抵一钱用"的话，不觉对这素来心爱的画幅感到一种不快。

他立起身把这画幅除去。一时壁间空洞洞的，一室之内，顿失了布置上的均衡。

"东西是非挂些不可的，最好是挂些可以刺激我的东西。"

他这样自语，就自己所藏的书画中想来想去，忽然想到他的畏友弘一和尚的"勇猛精进"四字的小额来。

"好，这个好！挂在这里，大小也相配。"

他携了灯从画箱里费了许多工夫把这小额寻出，恐怕家里人惊醒，轻轻地钉在壁上。

"勇猛精进！"他坐下椅子去默念看了一会儿，复取了一张空白稿子，大书"勤靡余劳心有常闲"八字，把图画钉钉在横幅之下。这是他在午睡前在《陶集》中看到的句子。

"是的，要勤靡余劳，才能心有常闲。我现在是身安逸而心忙乱啊！"他大彻大悟似的默想。

一切安顿完毕，提起笔来正想重把稿子续下，未曾写到一张，就听到外面时钟"丁"地敲一点。他不觉放下了笔，提起了两臂，张大了口，对着"勇猛精进"的小额和"勤靡余劳心有常闲"八个字，打起哈欠来。

携了灯回到卧室去。才出书斋，见半庭都是淡黄的月色，花木的影映在墙上，轮廓分明地微微摇动着。他信步跨出庭间，方才画上的题句不觉又上了他的口头：

"明日事自有明日，且莫负此梧桐月色也！"

猫

　　白马湖新居落成，把家眷迁回故乡的后数日，妹就携了四岁的外甥女，由二十里外的夫家雇船来访。自从母亲死后，兄弟们各依了职业迁居外方，故居初则赁与别家，继则因兄弟间种种关系，不得不把先人有过辛苦历史的高大屋宇，售让给附近的暴发户，于是兄弟们回故乡的机会就少，而妹也已有六七年无归宁的处所了。这次相见，彼此既快乐又酸辛。小孩之中竟有未曾见过姑母的。外甥女当然不认得舅妗和表姐，虽经大人指导勉强称呼，总都是呆呆地相觑着。

　　新居在一个学校附近，背山临水，地位清静，只不过平屋四间。论其构造，连老屋的厨房还比不上，妹却极口表示满意：

　　"虽比不上老屋，终究是自己的房子。我家在本地已有许多年没有房子了！自从老屋卖去以后，我多少被人瞧不起！每次乘船经过老屋的面前，真是……"

　　妻见妹说着眼圈有点红了，就忙用话岔开：

　　"妹妹你看，我老了许多吧？你却总是这样后生。"

　　"三姐倒不老！——人总是要老的。大家小孩都已这样大了，他们大起来，就是我们在老起来。我们已六七年不见了呢。"

　　"快弄饭去吧！"我听了她们的对话，恐再牵入悲境，故意打断话头使妻走开。

妹自幼从我学会了酒，能略饮几杯。兄妹且饮且谈，嫂也在旁羼着。话题由此及彼，一直谈到饭后还连续不断。每到妹和妻要谈到家事或婆媳小姑关系上去，我总立即设法打断，因为我是深知道妹在夫家的境遇的，很不愿在难得晤面的当初就引起悲怀。

忽然，天花板上起了嘈杂的鼠声。

"新造的房子，老鼠就这样多了吗？"妹惊讶地问。

"大概是近山的缘故吧。据说房子未造好就有了老鼠的。晚上更厉害，今夜你听，好像在打仗哩。你们那里怎样？"妻说。

"还好，我家有猫。——快要产小猫了，将来可捉一只来。"

"猫也大有好坏，坏的猫老鼠不捕，反要偷食，到处撒屎，还是不养好。"我正在寻觅轻松的话题，就顺了势讲到猫上去。

"猫也和人一样，有种子好不好的。我那里的猫是好种，不偷食，每朝把屎撒在盛灰的畚斗里。——你记得从前老四房里有一只好猫吧。我们那只猫就是从老四房讨去的小猫。近来听说老四房里已断了种了，——每年生一胎，附近养蚕的人家都来千求万恳地讨，据说讨去的都不淘气。现在又快要生小猫了。"

老四房里的那只猫向来有名。最初的老猫是曾祖在时就有了的，不知是哪里得来的种子，白地小黄黑花斑，毛色很嫩，望去像上等的狐皮"金银嵌"。善捉鼠，性质却柔顺得了不得。我小时候常去抱来玩弄，听它念肚里佛，掰开它的眼睛来看，不啻是一个小伴侣。后来我由外面回家，每走到老四房去，有时还看见这小伴侣的子孙。曾也想讨一只小猫到家里去养，终难得逢到恰好有小猫的机会，自迁居他乡，十年来久不忆及了。不料现在种子未绝，妹家现在所养的，不知已是最初老猫的几世孙了。家道中落以来，田产室庐大半荡尽，而曾祖时代的猫尚间接地在妹家留着种子，这真是一种不可思议的缘，值得叫人无限感兴的了。

"哦！就是那只猫的种子！好的，将来就给我们一只。那只猫的种子是近地有名的，花纹还没有变吗？"

"你喜欢哪一种？——大约一胎多则三只，少则两只。其中大概有一只是金银嵌的，有一两只是白中带黑斑的，每年都是如此。"

"那自然要金银嵌的啰。"我脑中不禁浮出孩时小伴侣的印象来，更联想到那如云的往事，为之茫然。

妻和妹之间，猫的谈话仍被继续着。儿女中大些的张了眼听，最小的阿满摇着妻的膝问"小猫几时会来"，我也靠在藤椅子上吸着烟默然听她们。

"猫小的时候，要教会它才好。如果撒屎在地板上了，就捉到撒屎的地方，当着它的屎打，到碗中偷食吃的时候，就把碗摆在它的前面打。这样打了几次，它就不敢乱撒屎多偷食了。"

妹的猫教育论，引得大家都笑了。

次晨，妹说即须回去，约定过几天再来久留几日，临走的时候还说：

"昨晚上老鼠真吵得厉害，下次来时，替你们把猫捉来吧。"

妹去后，全家多了一个猫的话题。最性急的自然是小孩，她们常问"姑妈几时来"，其实都是为猫而问，我虽每回回答她们："自然会来的，性急什么？"而心里也对于那与我家一系有二十多年历史的猫，怀着迫切的期待，巴不得妹——猫快来。

妹的第二次来，在一个月以后，带来的只是赠送小孩的果物和若干种的花草苗种，并没有猫。说小猫前几天才出生，要一月后方可离母。此次生了三只，一只是金银嵌的，其余两只是黑白花和狸斑花的，讨的人家很多，已替我们把金银嵌的留定了。

猫的被送来已是妹第二次回去后半月光景的事，那时已过端午，我从学校回去，一进门，妻就和我说：

"妹妹今天差人把猫送来了，她有一封信在这里。说从回去以后就有些不适。大约是发寒热，不要紧的。"

我从妻手里接了信草草一看，同时就向室中四望：

"猫呢？"

"她们在弄它。阿吉、阿满，你们把猫抱来给爸爸看！"

立刻，听得柔弱的"尼亚尼亚"声，阿满从房中抱出猫来：

"会念佛的，一到就蹲在床下。妈说它是新娘子呢。"

我熟视着在女儿手中的小猫说：

"还小呢，别去捉它，放在地上。过几天会熟的。当心碰见狗！"

阿满将猫放下。猫把背一耸就跟跄地向房里遁去。接着就从房内发出柔弱的"尼亚尼亚"的叫声。

"去看看它躲在什么地方。"阿吉和阿满蹑了脚进房去。

"不要去捉它啊！"妻从后叮嘱她们。

猫确是金银嵌，虽然产毛未褪，黄白还未十分夺目，尽足依约地唤起从前老四房里小伴侣的印象。"尼亚尼亚"的叫声，和"咪咪"的呼唤声，在一家中起了新气氛，在我心中却成了一个联想过去的媒介，想到儿时的趣味，想到家况未中落时的光景。

与猫同来的，总以为不成问题的妹的病消息，一两日后竟由沉重而至于危笃，终于因恶性疟疾引起了流产，遗下未足月的女孩而弃去这世界了。

一家人参与丧事完毕从丧家回来，一进门就听到"尼亚尼亚"的猫声。

"这猫真不吉利，它是首先来报妹妹的死信的！"妻见了猫叹息着说。

猫正在檐前伸了小足扒搔着柱子，突然见我们来，就跟跄逃去。阿满赶到橱下把它捉来了，捧在手里：

"你还要逃，都是你不好！妈！快打！"

"畜生晓得什么？唉，真不吉利！"妻呆呆地望着猫这样说，忘记了自己的矛盾，倒弄得阿满把猫捧在手里瞪目茫然了。

"把它关在伙食间里，别放它出来！"我一壁说一壁懒懒地走入卧室睡去。我实在已怕看这猫了。

立时从伙食间里发出"尼亚尼亚"的悲鸣声和嘈杂的搔爬声来。努力想睡，总是睡不着。原想起来把猫重新放出，终于无心动弹，连向那就在房外的妻女叫一声"把猫放出"的心绪也没有，只让自己听着那连续的猫声，一味沉浸在悲哀里。

从此以后，这小小的猫在全家成了一个联想死者的媒介，特别是我。这猫所暗示的新的悲哀的创伤，是用了家道中落等类的怅惘包裹着的。

伤逝的悲怀随着暑气一天一天地淡去，猫也一天一天地长大。从前被全家所诅咒的这不幸的猫，这时候渐被全家宠爱珍惜起来了，当作了死者的纪念物。每餐给它吃鱼，归阿满饲它，晚上抱进房里，防恐被人偷了或是被野狗咬伤。

白玉也似的毛地上，错落的黄黑斑非常明显，那蹲在草地上或跳掷在凤仙花丛里的时候，望去真是美丽。附近四邻或路过的人见了称赞说"好猫"，这时候，妻脸上就现出一种莫可言说的矜夸，好像是养着一个好儿子或是好女儿。特别的是阿满：

"这是我家的猫，是姑母送来的。姑母死了，只剩了这只猫了！"有人称赞猫的时候，她不管那人陌生与不陌生，总会睁圆了眼起劲地对他说明这些。

猫成了一家的宠儿了，每餐食桌旁总有它的位置。偶然偷了食或是乱撒了屎，虽然依妹的教育法是要就地罚打的，妻也总看妹面上宽恕过去。阿吉阿满一从学校里回来就用带子逗它玩，或是捉迷藏似的在庭间追赶它。我也常于初秋的夕阳中坐在檐下对了这跳掷着的小动物作种种的遐想。

那是快近中秋的一个晚上的事：湖上邻居的几位朋友，晚饭后散步到了我家里，大家在月下闲话，阿满和猫在草地上追逐着玩。客去后，我和妻搬进几椅正要关门就寝，妻照例记起猫来：

"咪咪！"

"咪咪！"阿吉阿满也跟着唤。

可是却不听到猫的"尼亚尼亚"的回答。

"没有呢，哪里去了？阿满，不是你捉出来的吗？去寻来！"妻着急起来了。

"刚刚在天井里的。"阿满瞠着眼含糊地回答，一壁哭了起来。

"还哭！都是你不好，夜了还捉出来做什么呢？——咪咪！咪咪！"妻一壁责骂阿满，一壁嘎了声再唤。

"咪咪！咪咪！"我也不禁附和着唤。可是仍听不到猫的"尼亚尼亚"的回答。

叫小孩睡好了，重新找寻，室内室外，东邻西舍，分头到处都寻遍，哪有猫的影儿？连方才谈天的几位朋友都过来帮着在月光下寻觅，也终于不见形影。一直闹到十二点多钟，月亮已照屋角为止。

"夜深了，把窗门暂时开着，等它自己回来吧，——偷是没有人偷的，或者被狗咬死了，但又不听见它叫。也许不至于此，今夜且让它去吧。"

我宽慰着妻，关了大门，先入卧室去。在枕上还听到妻的"咪咪"的呼声。

猫终于不回来。从次日起，一家好像失了什么似的，都觉得说不出的寂寥。小孩放学回来也不如平日的高兴。特别在我，于妻女所感得的以外，顿然失却了沉思过去种种悲欢往事的媒介物，觉得寂寥更甚。

第三日傍晚，我因寂寥不过了，独自在屋后山边散步，忽然在山脚田坑中发现猫的尸体。全身黏着水泥，软软地倒在坑里，毛贴着肉，身躯细了好些，项有血迹，似确是被狗或者野兽咬毙了的。

"猫在这里！"我不自觉叫着说。

"在哪里？"妻和女孩先后跑来，见了猫都呆呆的，几乎一时说不出话。

"可怜，一定是野狗咬死的。阿满，都是你不好！前晚你不捉它出来，哪里会死呢？下世去要成冤家啊！——唉！妹妹死了，连妹妹给我们的猫也死了。"妻说时声音呜咽了。

阿满哭了，阿吉也呆着不动。

"进去吧，死了也就算了，人都要死哩，别说猫！快叫人来把它葬了。"我催她们离开。

妻和女孩进去了。我向猫作了最后的一瞥，在昏黄中独自徘徊。日来已失了联想媒介的无数往事，都回光返照似的一时强烈地齐现到心上来。

命　相　家

我因事至南京，住在××饭店。二楼楼梯旁某号房间里，寓着一位命相家，房门是照例关着的。这位命相家叫什么名字，房门上挂着的那块玻璃框子的招牌上写着什么，我虽在出去回来的时候必须经过那门前，却未曾加以注意。

有一天傍晚，我从外边回来，刚走完楼梯，见有一个着洋服的青年方从命相家房中走出，房门半开，命相家立在门内点头相送，叫"再会"！

那声音很耳熟，急把脚立住了看那命相家，不料就是十年前的同事刘子岐。

"呀！子岐！"我不禁叫了出来。

"呀！久违了。你也住在这里吗？"他吃了一惊，把门开大了让我进去。我重新去看门口的招牌，见上面写着"青田刘知机星命谈相"等等的文字。

"哦！刘子岐一变而为刘知机。十年不见，不料得了道了，究竟是怎么一回事？"我急忙问。

"说来话长，要吃饭，没有法子。你仍在写东西吗？教师也好久不做了吧。真难得，会在这里碰到。不瞒你说，我吃这碗饭已有七八年了，自从那年和你一同离开××中学以后，漂泊了好几处地方，这里一学期，那里一学期，不得安定，也曾挂了斜皮带革过命，可是终于生活不过去。你知道，我原是一只三脚猫，以后就以卖卜混饭了。最初在上海挂牌，住了四五年，前年才到南京来。"

"在上海住过四五年。为什么我一向不曾碰到你？上海的朋友之中也没有人谈及呢？"我问。

"我改了名字，大家当然无从知道了。朋友们又是一向都不信命相的，我吃了这口江湖饭，也无颜去找他们。如果今天你不碰巧看到我，你会知道刘知机就是我吗？"

我有许多事情想问，不知从何说起。忽然门开了，进来的是两位顾客：一个是戴呢帽穿长袍的，一个是着中山装的，年纪都未满三十岁。刘子岐——刘知机丢开了我，满面春风地立起身来迎上前去，俨然是十足的江湖派。我不便再坐，就把房间号数告诉了他，约他畅谈，回到了自己的房间里。

十年前的中学教师，居然会卖卜？顾客居然不少，而且大都是青年知识阶级中人。感慨与疑问乱云似的在我胸中纷纷垒起。等了许久，刘知机老是不来，叫茶房去问，回说房中尚有好几个顾客，空了就来。

"对不起，一直到此刻才空。"刘知机来已是黄昏时候了。"难得碰面，大家出去叙叙。"

在秦淮河畔某酒家中觅了一个僻静的座位。大家把酒畅谈。

"生意似很不错呢。"我打动他说。

"呃，这几天是特别的。第一种原因，听说有几个部长要更动了，部长一更动，人员也当然有变动。你看，××饭店不是客人很挤吗？第二种原因，暑假快到了，各大学的毕业生都要谋出路，所以我们的生意特别好。"

"命相学当真可凭吗？"

"当然不能说一定可凭。不过在现今样的社会上，命相之说，尚不能说全不足信。你想，一个机关中，当科长的，能力是否一定胜过科员？当次长的，能力是否一定不如部长？举个例说，我们从前的朋友之中，李××已成了主席了。王××学力人品，平心而论，远过于他，革命的功绩也不比他差，可是至今还不过一个××部的秘书。还有，一班毕业生数十人之中，有的成绩并不出色，倒有出路，有的成绩很好，却无人过问。这种情形除了命相以外，该用什么方法去说明呢？有人说，现今吃饭全靠八行书。这在我们命相学上就叫'遇贵人'。又有人挖苦现在贵人们的亲亲相阿，说是生殖器的联系。这简直是穷通由于先天，证明'命'的的确确是有的了。"刘知机玩世不恭地说。

"这样说来，你们的职业实实在在有着社会的基础的，哈哈。"

"到了总理的考试制度真正实行了以后，命相也许不能再成为职业。至于现在，有需要，有供给，乃是堂堂皇皇的吃饭职业。命相家的身份绝不比教师低下，我预备把这碗江湖饭吃下去哩。"

"你的营业项目有几种？"

"命，相，风水，合婚择日，什么都干。风水与合婚择日近来已不行了。风水的目的是想使福泽及于子孙，现今一般人的心理，顾自身顾目前都来不及，哪有余闲顾到几十年几百年后的事呢？至于合婚择日，生意也清。摩登青年男女间盛行恋爱同居，婚也不必'合'，日也无须'择'了。只有命相两项，现在仍有生意。因为大家都在急迫地要求出路，等机会，出路与机会的条件不一定是资格与能力，实际全靠碰运气。任凭大家口口声声喊'打破迷信'，到了无聊之极的时候，也会瞒了人花几块钱来请教我们。在上海，顾客大半是商人，他们所问的是财气。在南京，顾客大半是'同志'

与学校毕业生，他们所问的是官运。老实说，都无非为了要吃饭。唯其大家要想吃饭，我们也就有饭可吃了。哈哈……"刘知机滔滔地说，酒已半醺了，自负之外又带感慨。

"你对于这些可怜的顾客，怎样对付他们？有什么有益的指导呢？"

"还不是靠些江湖上的老调来敷衍！我只是依照古书，书上怎么说就怎么说。准不准连我自己也不知道。好在顾客也并不打紧，他们到我这里来，等于出钱去买香槟票，着了原高兴，不着也不至于跳河上吊的。我对他说'就快交运''向西北方走''将来官至部长'，是给他一种希望。人没有希望，活着很是苦痛。现社会到处使人绝望，要找希望，恐怕只有到我们这里来。花一两块钱来买一个希望，虽然不一定准确可靠，究竟比没有希望好。在这一点上，我们命相家敢自任为救苦救难的希望之神。至少在像现在的中国社会可以这样说。"话愈说愈痛切，神情也愈激昂了。

他的话既诙谐又刺激，我听了只是和他相对苦笑，对了这别有怀抱的伤心人，不知再提出什么话题好。彼此都已有八九分醉意了。

钢　铁　假　山

　　案头有一座钢铁的假山，得之不费一钱，可是在我室内的器物里面，要算是最有重要意味的东西。

　　它的成为假山，原由于我的利用，本身只是一块粗糙的钢铁片，非但不是什么"吉金乐石"，说出来一定会叫人发指，是"一·二八"之役日人所掷的炸弹的裂块。

　　这已是三年前的事了。日军才退出，我到江湾立达学园去视察被害的实况，在满目凄怆的环境中徘徊了几小时，归途拾得这片钢铁回来。这种钢铁片，据说就是炸弹的裂块，有大有小，那时在立达学园附近触目皆是。我所拾的只是小小的一块。阔约六寸，高约三寸，厚约二寸，重约一斤。一面还大体保存着圆筒式的弧形，从弧线的圆度推测，原来的直径应有一尺光景，不知是多少磅重的炸弹了。另一面是破裂面，巉削凹凸，有些部分像峭壁，有些部分像危岩，锋棱锐利得同刀口一样。

　　江湾一带曾因战事炸毁过许多房子，炸杀过许多人。仅就立达学园一处说，校舍被毁的过半数。那次我去时，瓦砾场上还见到未被收殓的死尸。这小小的一块炸弹裂片，当然参与过残暴的工作，和刽子手所用的刀一样，有着血腥气的。论到证据的性质，这确是"铁证"了。

　　我把这铁证放在案头上作种种的联想，因为锋棱又锐利摆不平稳，每一转动，桌上就起磨损的痕迹。最初就想配了架子当作假山来摆。继而觉得把惨痛的历史的证物变装为古董性的东西，是不应该的。古代传下来的古董品中，有许多原是历史的遗迹，可是一经穿上了古董的衣服就减少了历史的刺激性，只当作古董品被人玩耍了。

这块粗糙的钢铁不久就被我从案头收起，藏在别处，忆起时才取出来看。新近搬家整理物件时被家人弃置在杂屑篓里，我寻了许久才发现。为永久保藏起见，颇费过些思量。摆在案头吧，不平稳，而且要擦伤桌面。藏在衣箱里吧，防铁锈沾惹坏衣服，并且拿取也不便。想来想去，还是去配了架子当作假山来摆在案头好。于是就托人到城隍庙一带红木铺去配架子。

现在，这块钢铁片已安放在小小的红木架上，当作假山摆在我的案头了。时间经过三年之久，全体盖满了黄褐色的铁锈，凹入处锈得更浓。碎裂的整块的，像沈石田的峭壁，细杂的一部分像黄子久的皴法，峰冈起伏的轮廓有些像倪云林。客人初见到这座假山，都称赞它有画意，问我从什么地方获得。家里的人对它也重视起来，不会再投入杂屑篓里去了。

这块钢铁片现在总算已得到了一个处置和保存的方法了，可是同时却不幸地着上了一件古董的衣裳。为减少古董性显出历史性起见，我想写些文字上去，使它在人的眼中不仅是富有画意的假山。

写些什么文字呢？诗歌或铭吗？我不愿在这严重的史迹上弄轻薄的文字游戏，宁愿老老实实地写几句记实的话。用什么来写呢？墨色在铁上是显不出的，照理该用血来写，必不得已，就用血色的朱漆吧。今天已是二十四年的一月十日了，再过十八日，就是今年的"一·二八"。我打算在"一·二八"那天来写。

整理好了的箱子

他傍晚从办事的地方回家，见马路上逃难的情形较前几日更厉害了。满载着铺盖箱子的黄包车、汽车、搬场车，衔头接尾地齐向租界方面跑。人行道上一群一群地立着看的人，有的在交头接耳谈着什么，神情慌张得很。

他自己的里门口，也有许多人在忙乱地进出，弄里面还停放着好几辆搬场车子。

她已在房内整理好了箱子。

"看来非搬不可了，弄里的人家差不多快要搬空。本来留剩的已没几家，今天上午搬的有十三号、十六号，下午搬的有三号、十九号，方才又有两部车子开进里面来，不知道又是哪几家要搬。你看我们怎样？"

"搬到哪里去呢？听说黄包车要一块钱一部，汽车要隔夜预定，旅馆又家家客满。倒不如依我的话，听其自然吧。我不相信真个会打仗。"

"半点钟前王先生特来关照，说他本来也和你一样，不预备搬的，昨天已搬到法租界去了。他有一个亲戚在南京做官，据说这次真要打仗了。他又说，闸北一带今天晚上十二点钟就要开火，叫我们把箱子先搬出几只，人等炮声响了再说。"

"所以你在整理箱子？我和你没有什么好衣服，这几只箱子值得多少钱呢？"

"你又来了，'一·二八'，那回也是你不肯先搬，后来光身逃出，弄得替换衫裤都没有，件件要重做，到现在还没添配舒齐。难道又要……"

　　"如果中国政府真个会和人家打仗，我们什么都该牺牲，区区不值钱的几只箱子算什么？恐怕都是些谣言吧。"

　　"……"

　　几只整理好了的箱子胡乱地叠在屋角。她悄然对了这几只箱子看。

　　搬场汽车啵啵地接连开出以后，弄里面赖以打破黄昏的寂寞的只是晚报的叫卖声。晚报用了枣子样的大字列着"×××不日飞京，共赴国难，精诚团结有望""五全大会开会"等等的标题。

　　他傍晚从办事的地方回家，带来了几种报纸，里面有许多平安的消息，什么"军政部长何应钦声明对日亲善外交绝不变更"，什么"窦乐安路日兵撤退"，什么"日本总领事声明决无战事"，什么"市政府禁止搬场"。她见了这些大字标题，一星期来的愁眉为之一松。

　　"我的话不错吧，终究是谣言。哪里会打什么仗！"

　　"我们幸而不搬，隔壁张家这次搬场，听说花了两三百块钱呢。还有宝山路李家，听说一家在旅馆里困地板，连吃连住要十多块钱一天的开销，家里昨天晚上还着了贼偷。李太太今天到这里，说起来要下泪。都是造谣言的害人。"

　　"总之，中国人难做是真的。——这几只箱子不知道要到什么时候才有牺牲的机会呢？"

　　几只整理好了的箱子胡乱地叠在屋角。他悄然地对了这几只箱子看。

　　打破里内黄昏的寂寞的仍旧还只有晚报的叫卖声。晚报上用枣子样的大字列着的标题是："日兵云集榆关"。

流　　弹

兰芳姑娘跟了我弟妇四太太到上海来，正是我长女吉子将迁柩归葬的前一个月。她是四太太亲戚家的女儿，四太太有时回故乡小住，常来走动，四太太自己没有儿女，也欢迎她做伴，因此和我家吉子、满子成了很熟的朋友。尤其是吉子，和她年龄相仿，彼此更莫逆。吉子到上海以后，常常和她通信。她是早没有父亲的，家里有老祖父、老祖母、母亲，还有一个弟弟，一家所靠的就是老祖父。今年她老祖父病故的时候，吉子自己还没有生病，接到她的报丧信，曾为她叹息：

"兰芳的祖父死了，兰芳将怎么好啊！一家有四五个人吃饭，叫她怎么负担得起！"

这次四太太到故乡去，回来的时候兰芳就同来了。我在四弟家里看见她。据她告诉我，打算在上海小住几日，于冬至前后吉子迁柩的时候跟我们家里的人回去，顺便送吉子的葬。从四太太的谈话里知道她家的窘况，求职业的迫切，看情形，似乎她的母亲还托四太太代觅配偶的。

"三伯伯，可有法子替兰芳荐个事情？兰芳写写据说还不差，吉子平日常称赞她。在你书局里做校对是很相宜的。"四太太当了兰芳的面对我说。

"女子在上海做事情是很不上算的。我们公司里即使荐得进去，也只是起码小职员，二十块大洋一月，要自己吃饭，自己住房子，还要每天来去的电车钱，结果是赔本。对于兰芳有什么益处呢？"我设身处地地说。

"那么，依你说怎样？"四太太皱起眉头来了。

"兰芳已二十岁了吧，请你替她找个对手啊！做了太太，什么都解决了。哈哈！"我对了兰芳半打趣地说。

"三伯伯还要拿我寻开心。"兰芳平常也叫我三伯伯。"我的志愿，吉子姐最明白，可惜她现在死去了。我情愿辛苦些，自己独立，只要有饭吃，什么工作都愿干，到工场去当女工也不怕。"

"她的亲事，我也在替她留意，但这不是一时可以成功的，还是请你替她荐个事情吧。她如果做事情了，食住由我担任，赔本不赔本，不要你替她担心。"四太太说。

"事情并不这样简单。从这里到老三的店里，电车钱要二十一个铜板，每日来回两趟，一个月就可观了；还有一顿中饭要另想法子。——况且商店都在裁员减薪，荐得进荐不进，也还没有把握。"这次是老四开口了。

四太太和兰芳面面相觑，空气忽然严重起来。

"且再想法吧，天无绝人之路。"我临走时虽然这样说，却感到沉重的负担。近年来早不关心了的妇女问题、家庭问题、女子职业问题等，一齐在我胸中浮上。坐在电车里，分外留意去看女人，把车中每个女人的生活来源来试加打量，在心里瞎猜度。

吉子迁葬的前一日，家里的人正要到会馆去作祭，兰芳跑来说，四太太想过一个热闹的年，留她在上海过了年再回去。她明天不预备跟我们家里的人同回去送葬了，特来通知，顺便同到会馆里去祭奠吉子一次，见一见吉子的棺材。

从会馆回来，时候已不早，妻留她宿在这里，第二天，家里的人要回乡去料理葬事，只我和满子留在上海，满子怕寂寞，邀她再作伴几天。她勉强多留了一夜。第三天早晨我起来的时候，已不见她，原来她已冒雨雇车回四太太那里去了。吃饭桌上摆着一封贴好了邮票的信，据说是因为天雨，又不知道这一带附近的邮筒在哪里，所以留着叫满子代为投入邮筒的。

"在这里作了一天半的客，也要破工夫来写信？"我望着信封上娟秀的字迹，不禁这样想。信是寄到杭州去的，受信人姓张，照名字的字面看去，似乎是一个男子。

隔了一两天，我有事去找老四，一进门，就听见老四和四太太在谈着什么"电报"的话。桌子上还摆着电报局的发报收条。

"打电报给谁？为了什么事？"我问。

"我们自己不打电报，是兰芳的。"四太太说。

"兰芳家里出了什么事？"我不安地向兰芳看。老四和四太太却都带着笑容。

"三伯伯，你看，昨天有人来了这样一个电报，不知是谁开的玩笑？"兰芳从衣袋里摸出一张电报来，电文是"上海×××路××号刘兰芳，母病，速转杭州回家"，不具发电人的名字。

"母亲没有生病吗？"我问兰芳。

"前天她母亲刚有信来，说家里都好，并且还说如果喜欢在上海过年，新年不回来也可以，昨天忽然接到了这样的电报。问她，她说不知道是什么人打的。叫她从杭州转，不是绕远路吗？我不让她去，不好，让她去，也不放心。后来老四主张打一个电报到她家里去问个明白。回电来了，说家里并没有人生病。你道蹊跷不蹊跷？"素来急性的四太太滔滔地把经过说明。

"一个电报变成三个电报了，电报局真是好生意。"老四笑着说。

"那么打电报来的究竟是谁呢？"我问兰芳。

"不知道。"兰芳说时头向着地。

"电报上的地址门牌一样不错，如果你不告诉人家，人家会知道吗？你到此地以后天天要写信，现在写信写出花样来了。幸而那个人在杭州，只打电报来，如果在上海的话，还要盯梢上门呢。我劝你以后少写信了。"四太太几乎把兰芳认作自己的亲生女，忘记了她是寄住着的客人了。

兰芳赧然不作声。

"兰芳做了被人追逐的目标了。这打电报的人，前几天一定还在杭州车站等着呢。等一班车，不来，等一班车，不来，不知道怎样失望啊。这样冷的天气，空跑车站，也够受用了。"我故意把话头岔开，同时记起前几天看见的信封上的名字来。"杭州，姓张，一定是他了。"这样想时，暗暗感到读侦探小说的兴味。

第二天吃饭的时候，和满子谈起电报的故事。从满子的口头知道兰芳和那姓张的过去几年来的关系，知道姓张的已经是有妻有女儿的人了。

"这电报一定是他打来的。兰芳前回住在这里，曾和我谈到夜深，什么要和妻离婚咧，和她结婚咧，都是关于他的话。"满子说。

我从事件的大略轮廓上，预想这一对青年男女将有严重的纠纷，无心再去追求细节，做侦探的游戏了，深悔前几次说话态度的轻浮。

星期日上午，满子和邻居的女朋友同到街上去了，家里除娘姨以外只我一个人。九时以后，陆续来了好几个客，闲谈，小酌，到饭后还未散尽。忽然又听见门铃急响，似乎那来客是一个有着非常要紧的事务。

　　"今天的门铃为什么这样忙。"娘姨急忙出去开门。

　　我和几位朋友在窗内张望，见来的是一个二十多岁的青年，光滑的头发，苍白的脸孔，围了围巾，携着一个手提皮箱。看样子，似乎是才从火车上下来的。

　　"说是来看二小姐的。"娘姨把来客引进门来。

　　"你是夏先生吗？我姓张，今天从杭州来，来找满子的。"

　　"满子出去了，可有什么要事？"我一壁请他就座，一壁说，其实心里已猜到一半。

　　"真不凑巧！"他搔着头皮，似乎很局促不安。"夏先生的令弟家里不是有个姓刘的客人住着吗？我这次特地从杭州来，就是为了想找她。"

　　"哦，就是兰芳吗？在那里。尊姓是张，哦……那么找满子有什么事？"

　　"我想到令弟家里去找兰芳。听说令弟的太太很古板，直接去有些不便，所以想托满子叫出兰芳来会面。我们的关系，满子是很明白的。今天她不在家，真不凑巧。"

　　"那么请等一等，满子说不定就可回来的。"我假作什么都不知道。

　　别的客人都走了，客堂间里只我和新来的客人相对坐着。据他自说，曾在白马湖念过书，和吉子是同学，也曾到过我白马湖的家里几次，现在杭州某机关里当书记。

　　"据说吉子的灵柩已运回去了，她真死得可惜！"他望着壁间吉子的照相说。

　　我苦于无话可对付，只是默然地向着客人看。小钟的短针已快将走到两点的地方，满子还不回来。

"满子不知什么时候才回来，——我只好直接去了。"客人立起身来去提那放在座椅旁的皮箱。

"戏剧快要开幕了，不知怎样开场，怎样收场！"我送客到门口。望着他的后影这样思忖。

为了有事要和别人接洽，我不久也就出去了，黄昏回来按了好几次门铃，才见满子来开门。

"爸爸，张××来找你好几次了。他到了四妈那里，要叫兰芳一淘出去，被四妈大骂，不准他进去。他在门外立了三个钟头，四妈在里面骂了三个钟头。他来找你好几次了，现在住在隔壁弄堂的小旅馆里，脸孔青青的，似乎要发狂。我和娘姨都怕起来，所以把门关得牢牢的。——今天我幸而出去了，不然他要我去叫兰芳，去叫呢还是不去叫？"

"他来找我做什么？"

"他说要托你帮忙。他说要自杀，兰芳也要自杀，真怕煞人！"

才捧起夜饭碗，门铃又狂鸣了。娘姨跑出来露着惊惶的神气。

"一定又是他。让他进来吗？"

"让他进来。"我拂着筷子叫娘姨去开门。

来的果然就是张××，那神情和方才大两样了，本来苍白的脸色，加添了灰色的成分，从金丝边的眼镜里，闪出可怕的光。我请他一淘吃夜饭，他说已在外面吃过，就坐下来气喘喘地向我诉说今天下午的经过。

"我出世以来，不曾受到这样的侮辱过。恋爱是神圣的，为什么可以妨害我们？我总算读过几年书，是知识阶级，受到这样的侮辱，只好自杀了。我预先声明，我要为恋爱奋斗到底，自杀以前，必定要用手枪把骂我的人先打杀！还有兰芳，看那情形也要自杀的，说不定就在今天晚上。……"

他越说越兴奋，仿佛手枪就在怀中，又仿佛自杀的惨变即在目前的样子。我默然地听他说，看他装手势，一边赶快吃完了饭。

"请问，你现在到我这里来为了什么？"我坐在他旁边，重新改变了态度从头问。

他似乎有些清醒了。

"一来是想报告今天的经过，二来是想请先生帮忙。"说时气焰已减退了许多。

"这经过与我无关，用不着向我报告。至于帮忙，更无从谈起。我不知道你和兰芳的情谊，兰芳又不是我的亲戚。我连做媒人的资格都没有，何况你们是恋爱！"我冷淡地说。

"先生是我们的老前辈，关于恋爱，曾翻译过好几种书，又曾发表过许多篇文章。我们对于这些著作，平日是常作经典读的。在先生看来，我们青年应该恋爱吗？"

"我决不反对恋爱。可是惭愧得很，自己却未曾有过恋爱的经验。关于这点，我倒应该向你受教的。听说你已结过婚，而且有了儿女了。你恋爱兰芳，本身当然有许多荆棘。你居然不怕，我真佩服你有勇气。"

他默然了一会儿，似乎在沉思。

"我已决定回家去离婚了。"

"那么，兰芳和你的情谊到了如何程度了呢？今天你到我弟弟家里去的时候，曾见到她吗？她曾出来招呼，向女主人介绍吗？"

"没有。我去敲门，把名片从门孔里递给女用人，立了一刻多钟不见来开门，那位太太的骂声就起来了。兰芳不出来，也许是怕羞，说不定从中有人在阻挠，破坏我们的恋爱。我和兰芳相识已四年了，我为了她，曾奋斗到现在。"说到这里，他郑重地从衣袋里摸出一个纸包来。"唔，这里面有她和我合拍的照相，许多封给我的信。爱情这东西培养很难，破坏是很容易的。如果有人来破坏我们的爱情，我一定要和他拼命。"他又兴奋起来了。

纸包摊开在桌子上，露出粉红色和淡蓝色的许多信封。我叫满子替他包好，不去看它。

"据你说来，今天的事情，关系还在兰芳身上。她如果肯直直爽爽地把你当作未婚夫来介绍，就什么问题都没有了。我们的那位弟太太待兰芳并不坏，至于你们的关系如何，当然未曾明了。你知道上海的情形吗？在上海，陌生的男人上门去追逐女人叫'盯梢'，是要被打——'吃生活'的，你只受骂，还算便宜呢。哈哈！"

我不想再说什么了。拿起吃饭前已看过的晚报，无聊地来再看，把眼光放在"学生占住北站车辆，沪宁沪杭夜车停开"的标题上。客人仍是"指导"咧，"帮忙"咧，说了一大套。

"你要我帮忙些什么呢？"我打着呵欠问他。"你的目的是要兰芳爱你吧？她究竟爱你不爱你，权在她自己，我有什么方法可想？至于说有人妨害你们的结合，更没有这回事。兰芳是在亲戚家里做客的，那里并没有你的情敌。你尽可放心。"

客人还没有就去的意思，低了头悄然地坐着。

"怎样？我不是已对你说得很明白了吗？你还有什么事？"

"我想叫兰芳不住在上海。兰芳这次出来原和我有约，冬至节边就回家去的。忽然说要在上海过年了，我曾打过一个电报，还是不回去。所以特地跑到上海来找她。她如果一天不回去，我也一天不回杭州，情愿死在这里。"他说到"死"字，又兴奋起来。

我对于这狂热而粘韧的青年，想不出适当对付的方法来了。

"兰芳的回去不回去，照理有她的自由。你既这样说，我明天就去关照舍弟家里，叫他们不要留她，送她回去吧。好了，话说到这里为止，你可放心回旅馆去睡觉，明天也不必再来了。"

我立起身来替客人开门，他这才出门去。

第二天早晨，我还睡着，又听得门铃响。那姓张的客人又来了。据娘姨说，她起来扫地的时候就见他在我家前后荡来荡去好几次了。

我披了衣服下楼去，见他已坐在客堂里，眼睛红红的，似乎昨晚不曾睡着过的样子。

"不是昨天已答应过你了吗，由我去劝四太太，叫她不再留兰芳在上海。我打算今天吃了夜饭就去说，日里是没有工夫的。——此外还有什么事？"我问他的来意。

"我怕兰芳要自杀，也许昨晚已经……"

"决不会吧。你似乎有些神经异常了。据我的意见，你在上海已没事，可以就回杭州去了。兰芳不日也就可回到自己家里去。此后的事情，完全看你们的情形怎样。"我抑住了厌憎的情绪，这样劝说。

"我有一封信在这里，想托满子替我代为送去给兰芳，安慰安慰她。"他说着从衣袋里摸出一封厚厚的信来。

"又是信！"我在心里说。我对于这种黏缠扭捏的青年男女间的文字游戏，是向所不快的，为了逃避当面的包围起见，就答应照办。笑着说：

"阿满，就替他做一回秘密邮差吧。——去去就回来，不要多讲话。"

打发满子去后，我就去穿大衣、戴帽子。客人见这样子，也就告辞而去。

正午回来吃中饭，满子尚未回转，从娘姨口里，知道那姓张的又来捺过好几次门铃；有一次从后门闯进来，独身在厨房里站了一会儿，拿起娘姨所用的镜子来照了又照，自叹面容的憔悴。

"这位客人样子有些痴。"娘姨毫不客气地下起诊断来。

黄昏回到家里，满子早已转来了，据说兰芳也有回信给姓张的。他下午又来守候过几次，最后一回拿了信去。兰芳在那里仍是有说有笑的，并不怪四太太。看样子似乎他们之间问题还很多，或者竟是张××的单相思。

晚饭后我冒了雪到老四那里，正在和老四、四太太、兰芳围了炉谈说日来的经过，忽听见有人敲门。

"一定又是那个痴子，别去理他！"四太太说。

"还是让他进来吧，好当面讲个明白。"我主张说。

老四和我去开门，来的果然就是他。老四和他是初见，"尊姓台甫"，一番寒暄之后，就表示日来怠慢的抱歉，且声明即日送兰芳回去，劝他放心。

"兰芳，这是你的客人，你也出来当面谈谈，免得我们做旁人的为难。"老四笑着叫兰芳。

兰芳经了好几次催迫才出来，彼此相对，也不说什么。四太太在后房和娘姨在谈话，"痴子""痴子"的声音时时传到耳里来。

"现在好了。他们已声明就送兰芳回去，我答应你的事情，总算办到。

今晚我还要到别的朋友那里去，你也可以放心回去了。"我这样三面交代，结束了这会见的场面。

接连下了好几天的雨夹雪，姓张的到第二天还没有回去，几次来按门铃，我却都没有见到他。

过了三天，我又到老四那里。老四一个人在灯下打五关。据说四太太昨天下午亲自送兰芳回去了，预备在兰芳家里留一夜，明天可以回到上海。本来打算等天晴了才走的，因为那姓张的只管上门来嘈杂，所以就冒着雨雪动身了。

"这样冷的天气！太太真心坚……都是那个痴子不好。"娘姨送出茶来，这样说。

国家，家事，杂谈已到了十点多钟，雪依然在落着。正想从炉旁立起身来回家，忽听得四太太叫娘姨开后门的声音。

"回来了，好像充了一次军！"四太太扑着大衣上的雪花进来。

"为什么这样快？不是预备在兰芳家里宿一夜的吗？"老四问。

据四太太说，她和兰芳才从轿子下来，就看见那姓张的，原来他已比她们早到了那里了。四太太匆匆地把经过告诉了兰芳的母亲，看时间尚早，来得及赶乘火车，就原轿动身，在兰芳家里不过留了半个钟头。

"我们都是瞎着急，睡在鼓里。兰芳的母亲既知道女儿已有情人，为什么还要托我管这样管那样。幸而我还没有替兰芳做媒人。兰芳也不好，为什么不明明白白告诉我们。那个痴子，在她们家里似乎已是熟客，俨然是个姑爷了，还要我们来瞎淘气。"四太太很有些愤愤。

因为四太太在车子里未曾吃过晚饭，娘姨赶忙烧起点心来。我也不管夜深，留在那里吃点心，大家又谈到姓张的和兰芳。

"照情理想来，这对男女的结合并不容易。男的家里已有妻和小孩，女的家境又不好，暂时要靠人帮助。为兰芳计，最好能嫁个有钱的丈夫。唉，天下真多不凑巧的事。"老四感慨地说。

"男女间的事情，不能用情理来判断，恋爱本是盲目的东西。在西洋的神话里，管恋爱的神道，眼睛永不张开，只是把箭向青年男女的心胸乱放。据说这箭是用药煮过的，中在心上又舒服又苦痛，说不出的难熬，要经爱人的手才拔得出呢。"我的话引得老四和四太太都笑了。

"依你说来兰芳和那痴子都中了那位神道的箭了。那么，我们的为她们淘气，算是什么呢？"四太太笑说。

"只可说是流弹了。哈哈。"我觉得"流弹"二字用得恰好。

"真是流弹。哦，电报费，来回的船钱、火车钱、轿钱、汽车钱，计算起来，很不少呢。这颗流弹也不算小了。"老四说。

"还要外加烦恼哩。前几天多少嘈杂淘气！这样大雪天，要我去充军！"四太太又愤愤了。

"总之是流弹，如数上在流弹的账上就是了。"老四笑着说。

自叙之二

黄包车礼赞

自从到上海做教书匠以来，日常生活中与我最有密切关系的要算黄包车了。我所跑的学校，一在江湾，一在真如，原都有火车可通的。可是，到江湾的火车往往时刻不准，到真如的火车班次既少，车辆又缺，十次有九次觅不到座位，开车又不准时，有时竟要挤在人群中直立到半个小时以上才开车。在北站买车票又不容易，要会拼命地去挤才可买得到手。种种情形，使我对于火车断了念，专去交易黄包车。

每日清晨在洗马子声里掩了鼻走出宝山里，就上黄包车到真如。去的日子，先坐到北站，再由铁栅旁换雇车子到真如。因为只有北站铁栅外的黄包车夫知道真如的地名的。江湾的地名很普通，凡是车夫都知道，所以到江湾去较方便，只要在里门口跳上车子，就一直会被送到，不必再换车了。

从宝山里的寓所到真如需一小时以上，到江湾需一小时光景，有时遇着已在别个乘客上出尽了力的车夫，跑不快速，时间还要多花些。总计，我每日在黄包车上的时间，至少要两小时光景，车费至少要小洋七八角。时间与经济，都占着我全生活上的不小部分。

听说吴稚晖先生是不坐黄包车的。我虽非吴稚晖先生，也向不喜欢坐黄包车，当专门坐黄包车的开始几天，颇感困难，每次要论价，遇天气不好，还要被敲竹杠，特别是闸北华界，路既不平，车子竟无一辆完整的，车夫也不及租界的壮健能跑，往往有老叟及孩子充当车夫的。无论在将坐时、正坐时、下车时，都觉得心情不好。不是因为他走得慢而动气，就是因为他走得吃力而悯怜，有时还因为他敲竹杠而不平。至于因此引起的对于社会制度的愤懑，又是次之。

可是过了一两个月以后，我对于一向所不喜欢的黄包车，已坐惯了，不但坐惯，还觉得有特别的亲切之味了。横竖理想世界不知何日实现，汽车又是不梦想坐的，火车虽时开时不开，于我也好像无关，我只能坐黄包车。现世要没有黄包车，是不可能的梦谈。没有黄包车，我就不能妓女出局似的去上课，就不能养家小，我的生活，完全要依赖黄包车，黄包车才是我的恩人。

因为所跑的方面有一定，日日反复来回，坐车的地点也有一定，好许多车夫都认识了我，虽然我不认识他们。每日清晨一到所定的地点，就有许多老交易的车夫来"先生先生"地欢迎，用不着讲价，也用不着告诉目的地，只要随便跳上车子，就会把我送到我所要到的地方，或是真如，或是江湾。到了"照老规矩"给钱，毫无论价的麻烦，多加几个铜子，还得到"谢谢"的快活回答。

上海的职业都有帮的，如银钱业多宁绍帮，浴堂的当差的，理发匠，多镇江帮，黄包车夫却是江北帮，他们都打江北话，有许多还留着辫子。为什么江北产生黄包车夫？不待说这是个很有深远背景的问题，可惜我从他们口头得来的材料还不多，不能为正确的研究。

近来我又发现了在车上时间的利用法，不像最初未惯时的只盼快到，把长长的一小时在焦切中无谓耗去了。到江湾，到真如所经过的都是旷野，只要车子一出市梢，就可纵览风景，特别是课毕回来，一天的劳作已完，悠然地把身体交付了黄包车，在红也似的夕阳里看那沿途的风物，好比玩赏走巷，真是一种享乐，有时还嫌车子走得太快。

在黄包车上阅书也好，我有好几本书都是在黄包车上看完的。一本四五百页的书，不到一星期，就可翻毕了。大家都知道，上海的学校，是只许教员跑，不许教员住的。不但住室没有，连休息室也或许没有，偶有空闲的一两小时，也只好糊涂地闲谈空过，不能看书。在自己的寓所里呢，又是客人来唎，邻居的小孩哭唎，大人又麻雀唎，非到深夜实在不便于看书。这缺陷现在竟在黄包车上寻到了弥补的方法。我相信，我以后如还想用功的话，只有在黄包车上了。

我近来又在黄包车上构文章的腹案，古人关于作文有"三上"的话，所谓三上者，记得是枕上、马上、厕上。在现在，我以为应该增加一"黄包车上"，凑成"四上"的名词。在黄包车上瞑了目就一项问题，或一种题材加以思索，因了车夫有韵律的步骤，身体受着韵律的颤动，心情觉得特别宁静，注意力也很能集中于一处，很适宜作文。有一个作家，因为他的作品都是在亭子楼中伏居了做的，自怜其作品为"亭子间文学"，我此后如果不懒惰，写得出文章出来，我将自夸为"黄包车文学"了。

这样在黄包车上观风景、看书、作文，也许含有享乐的意味，在态度上对于苦力的黄包车夫，是不人道的。我常有此感觉。但一想到他们也常飞奔似的拉了人家去嫖赌，也就自安了。并且，我坐在车上观风景与否，看书与否，作文与否，于他们的劳苦，毫无关系。这情形正如邮差一样，邮差不知递送了多少的情书，做过多少痴男怨女的实际的媒介，而他们对于自己的功绩，却毫没主张矜夸，也毫不吐说不平的。

说虽如此，但我总觉得黄包车是与我有恩的，我要有出息，才不负他们日日地拉我，虽然他们很大度，一视同仁地拉好人也拉坏蛋。

日日做我的伴侣，供我观风景、读书、作文的机会的黄包车啊！我礼赞你！我感谢你！我愿努力自己，把我自己弄成一个除了给钱以外，还有别的资格值得你们拉我的。

我的中学生时代

中学校时代，在年龄上是指十三四岁到十八九岁的一段。我今年四十六岁，我的中学校时代已是三十年以前的事了。那时正是由科举过渡到学校的当儿，学校未兴，私塾是唯一的学校。我自幼也从塾师读经书，学八股，考秀才，后来且考过举人。及科举全废的前两三年，然后改进学校，可是却未曾在什么学校里毕过业，未曾得过卒业文凭。

我上代是经商的，父亲却是个秀才。在十岁以前，祖父的事业未倒，家境很不坏，兄弟五人中据说我在八字上可以读书，于是祖父与父亲都期望我将来中举人点翰林，光大门楣，不预备叫我去学生意。在我家坐馆的先生也另眼相看，我所读的功课是和我的兄弟们不同的。他们读毕四书，就读些《幼学琼林》和尺牍书类，而我却非读《左传》《诗经》《礼记》等不可。他们不必做八股文，而我却非做八股文不可。因为我是要预备将来做读书人的。

十六岁那年我考得了秀才，以后不久八股即废，改"以策论取士"。八股在戊戌政变时曾废过，不数月即恢复，至是时乃真废了。这改革使全国的读书人大起恐慌，当时的读书人大都是一味靠八股吃饭的，他们平日朝夕所读的是八股，案头所列的是闱墨或试帖诗，经史向不研究，"时务"更所茫然。我虽八股的积习未深，不曾感到很大的不平，但要从师也无师可从，只是把《大题文府》等类搁起，换些《东莱博议》《读通鉴论》《古文观止》之类的东西来读。把白折纸废去，临摹碑帖，再把当时唯一的算术书《笔算数学》买来自修而已。

那时我家里的境况已大不如从前了。最初是祖父的事业失败，不久祖父即去世。父亲是少爷出身，舒服惯了的。兄弟们为家境所迫，都托亲友介绍，提早做商店学徒去了。五间三进的宽大而贫乏的家里，除了母亲和一个嫂子，就剩了父子两个老小秀才。父亲的书箱里，八股文以外有一部《史记》，一部《前后汉书》，一部《韩昌黎集》，一部《唐诗三百首》，一部《通鉴纲目》，一部《文选》，一部《聊斋志异》，一部《红楼梦》，一部《西厢记》，一部《经策通纂》，一部《皇清经解》，还有几种唐人的碑帖与《桐荫论画》等论书画的东西。父子把这些书作长日的消遣，父亲爱写字、种花、整洁居室，室里干净清静得如庵院一般。这样地过了约莫一年。

亲戚中从上海回来的，都来劝读外国书（即现在的所谓进学校）。当时内地无学校，要读外国书只有到上海。据说上海最有名的是梵王渡（即现在的圣约翰大学），如果在那里毕业，包定有饭吃。父母也觉得科举快将全废，长此下去究不是事，于是就叫我到上海去读外国书。当时读外国书的地方也并不多。外国人立的只有梵王渡、震旦与中西书院，中国人立的只有南洋公学。我是去读外国书的，当然要进外国人的学校。震旦是读法文的，梵王渡据说程度较高，要读过几年英文才能进去，中西书院（即现在东吴大学的前身）入学比较容易些，我于是就进中西书院。

那时生活程度还很低，可是学费却已并不便宜，中西书院每半年记得要缴费四十八元。家中境况已甚拮据，我的第一次半年的学费还是母亲把首饰变卖了给我的。我与便友同伴到了上海，由大哥送我入中西书院。那时我年十七。

中西书院分为六年（？）毕业，初等科三年，高等科三年，此外还有特科若干年。我当然进初等科。那时功课不限定年级，是依学生的程度定的。英文是甲班的，算学如果有些根底就可入乙班，国文好的可以入丙班。我英文初读，入甲班，最初读的是《华英初阶》；算学乙班，读《笔算数学》；国文，甲班；其余各科也参差不齐，记不清楚了。各种学科中，最被人看不起的是国文，上课与否可以随便，最注重的是英文。时间表很简单，每日上午全读英文，下午第一时板定是算学，其余各科则配搭在数学以后。监院（即校长）是美国人潘慎文，教习有史拜言、谢鸿赉等。同学一百多人，大多数是包车接送的富者之子，间有贫寒子弟，则系基督教徒，受有教会补助，读书不用花钱的。我的同学中很有许多现今知名之士。记得名律师丁榕，经济大家马寅初，都是我的先辈的同学。

中西书院门禁森严，除通学生外，非得保证人来信不能出大门一步，并且星期日不能告假（因为要做礼拜），情形几等于现在的旧式女学校。告假限在星期六下午。我的保证人是我的大哥，他在商店做事，每月只来带我出去一次，有时他自己有事，也就不来领我。我在那里几乎等于笼鸟，尤其是礼拜日，逃不掉做礼拜觉得很苦。

礼拜真正多极。每日上课前要做礼拜，星期三晚上要做礼拜，星期日早晨要做礼拜，晚上又要做礼拜。每次礼拜有舍监来各房间查察，非去不可。每日早晨的礼拜约需三十分钟，其余的都要费一小时以上。唱赞美歌，祷告，讲经，厌倦非凡。这种麻烦，如果叫现今每周只做一次纪念周犹嫌费事的学生诸君去尝，不知能否忍耐呢。

读了一学期，学费无法继续，于是只好仍旧在家里，用《华英进阶》、《华英字典》（这是中国第一部英文字典，商务出版）、《代数备旨》等书自修。另外再作些策论《四书义》，请邑中的老先生评阅。秋间再去考乡试，举人当然无望，却从临时书肆（当时平日书店很少，一至考试时，试院附近临时书店如林）买了严译《原富》《天演论》等书回来，莫名其妙地翻阅，又因排满之呼声已起，我也向朋友那里借了《新民丛报》等来看，由是对于明末清初的故事与文章很有兴味，《明季稗史》《明夷待访录》《吴梅村集》《虞初新志》等书，都是我所耽读的。

十八岁那年，因了一位朋友的劝告，同到绍兴府学堂（即现在浙江第五中学的前身）入学。在那一两年中，内地学堂已成立了不少。当时办学概依奏定学堂章程，学制很划一。县有县学堂；性质为现在的高小程度，府学堂则相当于现在的中学，省学堂相当于大学预科，京师大学堂即现在的所谓大学了。学堂的成立，并无一定顺序，我们绍属是先有中学，后有小学的。府学堂不收学费，宿费更不须出，饭费只每月两元光景。并且学校由书院改设，书院制尚未全除，月考成绩若优，还有一元乃至几毛钱的"膏火"可得（膏火是书院时代的奖金名称，意思是灯油费）。读书不但可以不花钱，而且弄得好还有零用可获得的。

府学堂的科目记得为伦理、经学、国文、英文、史学、舆地、算学、格致（即现在的理化博物）、体操、测绘（用器画舆地图），功课亦依程度编级，一如中西书院的办法。我因英文已有半年每日三点钟及在家自修的成绩，居然大出风头，被排在程度顶高的一级里，算学与国文的班次也不低。同学之中年龄老大的很多，班级皆低于我，我于是颇受师友的青眼。

国文是一位王先生教的，选读《皇朝经世文编》，作文题是《范文正公为秀才时便以天下为己任》《士先器识而后文艺》之类。经学是徐先生（即刺恩铭的徐锡麟烈士）担任的，他叫我们读《公羊传》，上课时大发挥其微言大义。测绘也由这位徐先生担任。体操教师是一位日本人。他不会讲中国话，口令是用日本语的，故于最初就由他教我们几句体操用的日本语，如"立正""向前"之类。伦理教师最奇特，他姓朱，是绍兴有名的理学家，有长长的须髯，走路踱方步，写字仿朱子。他教我们学"洒扫应对""居敬存诚"，还教我们舞俏，拿了鸡尾似的劳什子作种种把戏。据他的主张，上课时书应端执在右手，不应挟在腋下；上班退班都须依照长幼之序"鱼贯而行"，不应作鸟兽散；见先生须作揖，表示敬意。我们虽不以为然，却不去加以攻击，只依老古董相待罢了。

当时青年界激昂慷慨，充满着蓬勃的朝气，似乎都对于中国怀着相当的期待，不像现在的消沉幻灭。庚子事件经过不久，又当日俄战争，风云恶劣，大家都把一切罪恶归诸满人，以为只要把满人推倒，国事就有希望了。《新民丛报》《浙江潮》等杂志大受青年界的欢迎，报纸上的社论也大被注意阅读。那时恋爱尚未成为青年间的问题，出路的关心也不如现在的急切（因为读书人本来不大讲究出路），三四朋友聚谈，动辄就把话题移到革命上去，而所谓革命者，内容就只是排满，并没有现在的复杂。见了留学生从日本回来没有辫子，恨不得也去留学，可以把辫子剪去（当时普通人是不许剪辫子的）。见了花翎颜色顶子的官吏，就暗中憎恶，以为这是奴隶的装束。卢梭、罗兰夫人、马志尼等，都因了《新民丛报》的介绍，在我们的心胸里成了令人神往的理想人物。罗兰夫人的"自由，自由！天下几多罪恶假汝之名以行！"已成了摇笔即来的文章的套语了。

我在这样的空气中过了半年中学生活，第二学期又辍学了。这次辍学并非由于拿不出学费，乃是为了要代替父亲坐馆。父亲在一年来已在家授徒了，一则因邻近有许多小孩要请人教书，二则父亲嫌家里房屋太大，住了太寂寞，于是就在家里设起书塾来。来读的是几个族里与邻家的小孩。中途忽然有一位朋友要找父亲去替他帮忙，为了友谊与家计，都非去不可。书馆是不能中途解散的，家里又无男子，很不放心，于是就叫我辍学代庖。功课当然是我所教得来的。学生不多，时间很有余暇，于是一壁教书，一壁仍行自修。家里人颇思叫我永继父职，就长此教书下去。本乡小学校新立，也邀我去充教习，但我总觉得于心不甘。

恰好有一个亲戚的长辈从日本留学法政回来，说日本如何如何地好，求学如何如何地便利。我对于日本留学梦想已久了，听了他的话，心乃愈动。父母并不大反对，只是经费无着，乃遍访亲友借贷，很费力地集了五百元，冒险赴日。

当时赴日留学成为一种风气，东京有一个宏文学院，就是专为中国留学生办的，普通科两年毕业，除教日语外，兼教中学课程。凡想进专门以上的学校的，大概都在那里预备。我因学费不足两年的用度，乃于最初数月请一日本人专教日文，中途插入宏文学院普通科去。总算我的自修有效，英算各科居然尚能衔接赶上。在那里将毕业的前二三月，东京高等工业学校招考了，我不待毕业就去跨考，结果幸而被录。当时规定，入了官立专门学校就有官费的。而浙江因人多不能照办。我入高工后快将一年，就领不到官费，家中已为我负债不少，结果乃又不得不中途辍学回国，谋职糊口。我的中学时代就此结束了，那时我年二十一岁。

总计我的中学时代，经过许多的周折，东补西凑，断续不成片段。我为了修得区区的中学课程，曾经过不少磨难，空费过长期的光阴。这种困苦的经验，当时不但我个人有过，实可谓是一般的情形。现在的中学生在这点上真是艳羡，真是幸福。

光 复 杂 忆

　　武汉起义以后，各省纷纷响应，大都"兵不血刃"，就转了向了。我们浙江的改换五色旗是十一月五日。那时我在杭州，事前曾有风声说就要发动。四日夜里尚毫不觉得有什么，次晨起来，知道已光复了，抚台已逃走。光复的痕迹，看得见的只有抚台衙门的焚烧的余烬，墙上贴着的都督汤寿潜的告示，和警察袖上缠着的白布条。街上的光景和旧历元旦很相像，商店大半把门闭着，行人很稀少。

　　一时流行的是剪辫，青年们都成了和尚。因为一向梳辫的缘故，梳的方向与发的本来方向不同，剃去以后每人头上有着白白的一圈，当时有一个名字，叫作奴隶圈。这时候最出风头的不消说是本来剪了发的留学生了。一般青年都恨不得头发快长起，掠成"西发"。老成拘谨些的人不敢就剪辫，或剪去一截，变成鸭屁股式。乡下农民最恋恋于辫发，有一时，警察手中拿了剪刀，硬要替行人剪发，结果乡下人不敢上城市来了。有的把辫子盘起来藏在帽里，可笑的事情不少。

　　当时尚未发明标语的宣传法，大家只在日用文件上表示些新气象。最初用黄帝纪元，第二年才称民国元年。在文字的写法上有好些变化。革命军的"军"大家都写作"軍"，"民"字写作"叐"，据说是革命军与人民出了头的意思，"國"字须写作"囻"，据说是共和国以人民为主体的意思。这风气直至民国四五年袁世凯要称帝时还存着。朋友 × 君曾以"囻"字为谜底作一灯谜云:"有的说是民意,有的说是王心,不知这圈圈内是什么人。"圈字旧略写作"国",×君的灯谜是暗射当时的时事的。

"现在是民国时代了,什么花样都玩得出来!如果在前清是……"光复后不到几年,常从顽固的老年人口中听到这样的叹息。记得在光复当时,人心是非常兴奋的。一般人,尤其是青年,都认中国的衰弱,罪在满洲政府的腐败,只要满洲人一倒,就什么都有办法。辫子初剪去的时候,我们青年朋友间都互相策励,存心做一个新国民,对时代抱着很大的希望。就我个人说,也许是年龄上的关系吧,当时的心情比十六年欢迎党军莅境似乎兴奋得多。宋教仁的被暗杀,记得是我幼稚素朴的心上第一次所感到的幻灭。

光复初年的双十节不像现在的冷淡,各地都有热烈的庆祝。我在杭州曾参加过全城学界提灯会,提了"国庆纪念"的高灯,沿途去喊"中华民国万岁"!自六时起至十时才停脚,脚底走起了泡。这泡后来成了两个茧,至今还在我的脚上。

我 之 于 书

二十年来，我生活费中至少十分之一二是消耗在书上的。我的房子里比较贵重的东西就是书。

我一向没有对于任何问题作高深研究的野心，因之所买的书范围较广，宗教，艺术，文学，社会，哲学，历史，生物，各方面差不多都有一点。最多的是各国文学名著的译本，与本国古来的诗文集，别的门类只是些概论等类的入门书而已。

我不喜欢向别人或图书馆借书。借来的书，在我好像过不来瘾似的，必要是自己买的才满足。这也可谓是一种占有的欲望。买到了几册新书，一册一册地加盖藏书印记，我最感到快悦的是这时候。

书籍到了我的手里，我的习惯是先看序文，次看目录。页数不多的往往立刻通读，篇幅大的，只把正文任择一二章节略加翻阅，就插在书架上。除小说外，我少有全体读完的大部的书，只凭了购入当时的记忆，知道某册书是何种性质，其中大概有些什么可取的材料而已。什么书在什么时候再去读再去翻，连自己也无把握，完全要看一个时期一个时期的兴趣。关于这事，我常自比为古时的皇帝，而把插在架上的书譬诸列屋而居的宫女。

我虽爱买书，而对于书却不甚爱惜。读书的时候，常在书上把我所认为要紧的处所标出。线装书大概用笔加圈，洋装书竟用红铅笔划粗粗的线。经我看过的书，统体干净的很少。

　　据说，任何爱吃糖果的人，只要叫他到糖果铺中去做事，见了糖果就会生厌。自我入书店以后，对于书的贪念也已消除了不少了，可是仍不免要故态复萌，想买这种，想买那种。这大概因为糖果要用嘴去吃，摆存毫无意义，而书则可以买了不看，任其只管插在架上的缘故吧。

白马湖之冬

在我过去四十余年的生涯中，冬的情味尝得最深刻的要算十年前初移居白马湖的时候了。十年以来，白马湖已成了一个小村落，当我移居的时候，还是一片荒野。春晖中学的新建筑巍然矗立于湖的那一面，湖的这一面的山脚下是小小的几间新平屋，住着我和刘君心如两家。此外两三里内没有人烟。一家人于阴历十一月下旬从热闹的杭州移居这荒凉的山野，宛如投身于极带中。

那里的风，差不多日日有的，呼呼作响，好像虎吼。屋宇虽系新建，构造却极粗率，风从门窗隙缝中来，分外尖削，把门缝窗隙厚厚地用纸糊了，椽缝中却仍有透入，风刮得厉害的时候，天未夜就把大门关上，全家吃毕夜饭即睡入被窝里，静听寒风的怒号、湖水的澎湃。靠山的小后轩，算是我的书斋，在全屋子中风最少的一间，我常把头上的罗宋帽拉得低低的，在洋灯下工作至深夜。松涛如吼，霜月当窗，饥鼠吱吱在承尘上奔窜，我于这种时候深感到萧瑟的诗趣，常独自拨划着炉灰，不肯就睡。把自己拟诸山水画中的人物，作种种幽邈的遐想。

现在白马湖到处都是树木了，当时尚一株树木都未种。月亮与太阳都是整个儿的。从上山起直要照到下山为止。在太阳好的时候，只要不刮风，那真和暖得不像冬天。一家人都坐在庭间曝日，甚至于吃午饭也在屋外，像夏天的晚饭一样。日光晒到哪里，就把椅凳移到哪里，忽然寒风来了，只好逃难似的各自带了椅凳逃入室中，急急把门关上。在平常的日子，风来大概在下午快要傍晚的时候，半夜即息。至于大风寒，那是整日夜狂吼，要二三日才止的。最严寒的几天，泥地看去惨白如水门汀，山色冻得发紫而黯，湖波泛深蓝色。

　　下雪原是我所不憎厌的，下雪的日子，室内分外明亮，晚上差不多不用燃灯。远山积雪足供半个月的观看，举头即可从窗中望见。可是究竟是南方，每冬下雪不过一两次，我在那里所日常领略的冬的情味，几乎都从风来。白马湖的所以多风，可以说是有着地理上的原因，那里环湖都是山，而北首却有一个半里阔的空隙，好似故意张了袋口欢迎风来的样子。白马湖的山水和普通的风景地相差不远，唯有风却与别的地方不同。风的多和大，凡是到过那里的人都知道的。风在冬季的感觉中，自古占着重要的因素，而白马湖的风尤其特别。

　　现在，一家僦居上海多日了，偶然于夜深人静时听到风声，大家就要提起白马湖来，说："白马湖不知今夜又刮得怎样厉害哩！"

紧张气氛的回忆

前后约二十年的中学教师生活中，回忆起来自己觉得最像教师生活的，要算在 × 省 × 校担任舍监，和学生晨夕相共约七八年，尤其是最初的一二年。至于其余只任教课或在几校兼课的几年，跑来跑去简直松懈得近于帮闲。

我的最初担任舍监是自告奋勇的，其时是民国元年。那时学校习惯把人员截然划分为教员与职员两种，教书的是教员，管事务的是职员，教员只管自己教书，管理学生被认为是职员的责任。饭厅闹翻了，或是寄宿舍里出了什么乱子了，做教员的即使看见了照例可"顾而之他"或袖手旁观，把责任委诸职员身上，而所谓职员者又有在事务所的与在寄宿舍的之分，各不相关。舍监一职，待遇甚低，其地位力量易为学生所轻视。狡黠的学生竟胆敢和舍监先生开玩笑，有时用粉笔在他的马褂上偷偷地画乌龟，或乘其不意把草圈套在他的瓜皮帽结子上。至于被学生赶跑，是不足为奇的。舍监在当时是一个屈辱的位置，做舍监的怕学生，对学生要讲感情，只要大家说"× 先生和学生感情很好"，这就是漂亮的舍监。

有一次，× 校舍监因为受不过学生的气，向校长辞职了，一时找不到相当的替人，我在 × 校教书，颇不满于这种情形，遂向校长自荐，去兼充了这个屈辱的职位。这职位的月薪记得当时是三十元。

我有一个朋友在第 × 中学做教员，因在风潮中被学生打了一记耳光，辞职后就抑郁病死了。我任舍监和这事的发生没有多日，心情激昂得很，以为真正要做教育事业须不怕打，或者竟须拼死，所以就职之初就抱定了硬干的决心：非校长免职或自觉不能胜任时决不走，不怕挨打，凡事讲合理与否，不讲感情。

　　×校有学生四百多人，其中年龄最大的和我相去只几岁。我在×校虽担任功课有年，实际只教一二班，差不多有十分之七八是不相识的。当时轻视舍监已成了风气，我新充舍监，最初曾受到种种的试炼。因为我是抱了不顾一切的决心去的，什么都不计较，凡事皆用坦率强硬的态度去对付，决不迁就。在饭厅中，如有学生远远地发出"嘘嘘"的鼓动风潮的暗号，我就立在凳子上去注视发"嘘嘘"之声的是谁。饭厅风潮要发动了，我就对学生说："你们试闹吧，我不怕。看你们闹出什么来。"人丛中有人喊"打"了，我就大胆地回答说："我不怕打，你来打吧。"学生无故请假外出，我必死不答应，宁愿与之争论至一两小时才止。每晨起床铃一摇，我就到斋舍里去视察，如有睡着未起者，一一叫起。夜间在规定的自修时间内，如有人在喧扰，就去干涉制止，熄灯以后见有私点洋烛者，立刻赶进去把洋烛没收。我不记学生的过，有事不去告诉校长，只是自己用一张嘴和一副神情去直接应付。每日起得甚早，睡得甚迟，最初几天向教务处取了全体学生的相片来，一沓沓地摆在案上，像打扑克或认方块字似的一一翻动，以期认识学生的面貌、名字及其年龄、籍贯、学历，等等。

　　我在那时颇努力于自己的修养，读教育的论著，翻宋元明的性理书类，又搜集了许多关于青年的研究的东西来读。非星期日不出校门，除在教室授课的时间外，全部埋身于自己读书与对付学生之中。自己俨然以教育界的志士自期，而学生之间却与我以各种各样的绰号，据我所知道的，先后有"阎罗""鬼王""戆大""木瓜"几个，此外也许还有更不好听的，可是我不知道了。

　　我做舍监原是预备去挨打与拼命的。结果却并未遇到什么。一连做了七八年。到后来什么都很顺手，差不多可以"无为卧治"了。事隔多年，新就职时那种紧张的气氛，至今回忆起来还能大概在心中复现。遇到老学生们也常会和大家谈起当时的旧事来，相对共笑。

中年人的寂寞

　　我已是一个中年的人。一到中年，就有许多不愉快的现象，眼睛昏花了，记忆力减退了，头发开始秃脱而且变白了，意兴，体力，什么都不如年轻的时候，常不禁会感觉到难以名言的寂寞的情味。尤其觉得难堪的是知友的逐渐减少和疏远，缺乏交际上的温暖的慰藉。

　　不消说，相识的人数是随了年龄增加的，一个人年龄越大，走过的地方当过的职务越多，相识的人理该越增加了。可是相识的人并不就是朋友，我们的和许多人相识，或是因了事务关系，或是因了偶然的机缘——如在别人请客的时候同席吃过饭之类。见面时点头或握手，有事时走访或通信，口头上彼此也称"朋友"，笔头上有时或称"仁兄"，诸如此类，其实只是一种社交上的客套，和"顿首""百拜"同是仪式的虚伪。这种交际可以说是社交，和真正的友谊相差似乎很远。

　　真正的朋友，恐怕要算"总角之交"或"竹马之交"了。在小学和中学的时代容易结成真实的友谊，那时彼此尚不感到生活的压迫，入世未深，打算计较的念头也少，朋友的结成全由于志趣相近或性情适合，差不多可以说是"无所为"的，性质比较的纯粹。二十岁以后结成的友谊，大概已不免掺有各种各样的颜色分子在内；至于三十岁四十岁以后的朋友中间，颜色分子愈多，友谊的真实成分也就不免因而愈少了。这并不一定是"人心不古"，实可以说是人生的悲剧。人到了成年以后，彼此都有生活的重担须负，入世既深，顾忌的方面也自然加多起来，在交际上不许你不计较，不许你不打算，结果彼此都"钩心斗角"，像七巧板似的只选定了某一方面和对方去接合。这样的接合当然是很不坚固的，尤其是现代这样什么都到了尖锐化的时代。

在我自己的交游中，最值得系念的老是一些少年时代以来的朋友。这些朋友本来数目就不多，有些住在远地，连相会的机会也不可多得，他们有的年龄大过了我，有的小我几岁，都是中年以上的人了，平日各人所走的方向不同，思想趣味境遇也都不免互异，大家晤谈起来，也常会遇到说不出的隔膜的情形。如大家话旧，旧事是彼此共喻的，而且大半都是少年时代的事，"旧游如梦"，把梦也似的过去的少年时代重提，因了谈话的进行，同时就会联想起许多当时的事情，许多当时的人的面影，这时好像自己仍回归少年时代去了。我常在这种时候感到一种快乐，同时也感到一种伤感，那情形好比老妇人突然在抽屉里或箱子里发现了她盛年时的影片。

逢到和旧友谈话，就不知不觉地把话题转到旧事上去，这是我的习惯。我在这上面无意识地会感到一种温暖的慰藉。可是这些旧友一年比一年减少了，本来只是屈指可数的几个，少去一个是无法弥补的。我每当听到一个旧友死去的消息，总要惆怅多时。

学校教育给我们的好处不但只是灌输知识，最大的好处恐怕还在给予我们求友的机会上。这好处我到了离学校以后才知道，这几年来更确切地体会到，深悔当时毫不自觉，马马虎虎地过去了。近来每日早晚在路上见到两两三三的携着书包、携了手或挽了肩膀走着的青年学生们，我总艳羡他们有朋友之乐，暗暗地要在心中替他们祝福。

两　个　家

　　"呀，你几时出来的？夫人和孩子们也都来了吗？前星期我打电话到公司去找你，才知道你因老太太的病，忽然变卦，又赶回去了，隔了一日，就接到你寄来的报丧条子。你今年总算够受苦了，从五月初上你老太太生病起，匆匆地回去，匆匆地出来，据我所知道的就有四五次。这样大旱的天气，而且又带了家眷和小孩，光只川费一项也就可观了吧。"

　　"唉，真是一言难尽！这回赶得着送老太太的终，几次奔波还算是有意义的。"

　　"老太太的后事，想大致舒齐了吧。"

　　"哪里！到了乡间，就有乡间的排场，回神咧，二七咧，五七咧，七七咧，都非有举动不可。我想不举动，亲戚本家都不答应。这次头七出殡，间壁的二伯父就不以为然，说不该如是草草。家里事情正多哩，公司里好几次写快信来催。我只好把家眷留在家里，独自先来，隔几天再赶回去。"

　　"那么还要奔波好几趟呢。唉！像我们这样在故乡有老家的人，不好吃都市饭，最好是回去捏锄头。我们现在都有两个家，一个家在都市里，是亭子间或是客堂楼、厢房间，住着的是自己夫妇和男女。一个家在故乡，是几开间几进的房子，住着的是年老的祖父祖母、父母和未成年弟妹。因为家有两个的缘故，就有许多无谓的苦痛要受。像你这回的奔波，就是其中之一啊。"

　　"奔波还是小事，我心里最不安的，是没有好好地尽过服侍的责任。老太太病了这几个月，我在她床边的日子合计起来不满一个星期。在公司里每日盼望家信，也何尝不刻刻把心放在她身上，可是于她有什么用呢。"

"这就是家有两个的矛盾了。我们日常不知因此而发生多少的矛盾。譬如说：我和你是亲戚，照礼，老太太病了，我应该去探望，故了，应该去送殓送殡，可是我都无法去尽这种礼。又譬如说：上坟扫墓是我们中国的牢不可破的旧礼法，一个坟头如果每年没有子孙去祭扫，就连坟头都要被人看不起的。我已有好几年不去扫墓了。去年也曾想去，终于因为离不开身，没有去成。我把家眷搬到都市里已十多年了，最初搬家的原因是因为没有饭吃，办事的地方没有屋住。当时我父母还在世，也赞同我把妻儿带在身边住，不过背后不免有'养儿子是假的'的叹息。我也曾屡次想接老父老母出来同居，一则因为都市里房价太贵，负担不起，而且都市的房子也不适宜于老年人居住，二则因为家里有许多房子和东西，也不好弃了不管，终于没有实行。迁延复迁延，过了几年，本来有子有孙的老父老母先后都在寂寞的乡居生活中故世了。你现在的情形，和我当日一样。"

"老太太在日，我每年总要带了妻儿回去一次，她见我们回去就非常快乐，足见我们不在她身边的时候是寂寞不快的。现在老太太死了，我越想越觉得难过。"

"像我们这种人，原不是孝子，即使想做孝子，也不能够。如果用了'晨昏定省''汤药亲尝'等等的形式规矩来责备，我们都是犯了不孝之罪。岂但孝呢，悌也无法实行。我常想，中国从前的一切习惯制度，都是农业社会的产物，我们生活在近代工商社会的人，要如法奉行是很困难的。大家以农为业，父母子女兄弟天天在一处过活，对父母可以晨昏定省，可以汤药亲尝，对兄弟可以出入必同行，对长者可以有事服其劳，扫墓不必花川资，向公司告假。如果是士大夫，那么有一定的年俸，父母死了还可以三年不做事，一心住在家里读礼守制。可是我们已经不能一一照做。一方面这种农业社会的习惯制度，还遗存着势力，如果不照做，别人可以责备，自己有时也觉得过不去。矛盾，苦痛，就从此发生了。"

"你说得对！我们现在有两个家，在都市里的家是工商社会性质的，在故乡的家是农业社会性质的。我在故乡的家还是新屋，是父亲去世前一年造的。父亲自己是个商人，我出了学校他又不叫我学种田，不知为什么要花了许多钱在乡间造那么大的房子。如果当时造在都市里，那么就是小小的一二间也好，至少我可以和老太太住在一处，不必再住那样狭隘的客堂楼了。"

"我家里的房子是祖父造的，祖父也不曾种田。——过去的事，有什么可说的呢？现在不是还有许多人从都市里发了财，在故乡造大房子吗？由社会的矛盾而来的苦痛，是各方面都受到的。并非一方受了苦痛，一方会得什么利益。你因觉得到对老太太未曾尽孝养之道，心里不安，老太太病中见了你因她的病几次奔波回去，心里也不会爽快吧。你住在都市中的客堂楼上嫌憎不舒服，而老太太死后，那所巨大的空房子恐也处置很困难吧。这都是社会的矛盾，我们生在这过渡时代，恰如处在夹墙之中，到处都免不掉要碰壁的。"

"老太太死后，我一时颇想把房子出卖。一则恐怕乡间没有人会承受，凡是买得起这样房子的人自己本有房子，而且也是空着在那里。一则对于上代也觉得过意不去，父亲造这房子颇费了心血，老太太才故世，我就把它卖了，似乎于心不忍。"

"这就是所谓矛盾了。要卖房子，没有人会买；想卖，又觉得于心不忍。这不是矛盾的是什么？"

"那么你以为该怎么办？"

"我也不知道怎么办才好。你知道我自己也不会把故乡的房子卖去，我只说这是矛盾而已。感到这种矛盾的苦痛的人，恐不止你我吧。"

试　　炼

　　搬家到这里来以后，才知道附近有两所屠场。一所是大规模的西洋建筑，离我所住地方较远，据说所屠杀的大部分是牛。偶尔经过那地方，除有时在近旁见到一车一车的血淋淋的牛肉或带毛的牛皮外，听不到什么恶声，也闻不到什么恶臭。还有一所是旧式的棚屋，所屠杀的大部分是猪。棚屋对河一条路是我出去回来常要经过的，白天看见一群群的猪被拷押着走过，闻着一股臭气，晚间听到凄惨的叫声。

　　我尚未戒肉食，平日吃牛肉，也吃猪肉，但见到血淋淋的整车的新从屠场运出来的牛体，听到一阵阵的猪的绝命时的惨叫，总觉得有些难当。牛肉车不是日日碰到的，有时远远地见到了就俯下了头管自己走路让它通过，至于猪的惨叫是所谓"夜半屠门声"，发作必在夜静人定以后。我日里有板定的工作，探访酬酢及私务处理都必在夜间，平均一星期有三四日不在家里吃夜饭，回家来往往要到十点至十一点模样。有时坐洋车，有时乘电车在附近下车再步行，总之都不免听到这夜半的屠门声。

　　在离那儿数十步的地方已隐隐听到猪叫了。同时有好几只猪在叫，突然来一个尖利的曳长的声音，这不消说是一只猪绝命了的表出。不多时继续地又是这么尖利的一声。我坐在洋车上不禁要用手掩住耳朵，步行时总是疾速快走，但愿这声音快些离开我的听觉范围，不敢再去联想什么，想象什么。到了听不见声音的地方才把心放下，那情形宛如从噩梦里醒来一样。

为要避免这苦痛，我曾想减少夜间出外的次数，或到九点钟模样就回家来。可是事实常不许这样。尤其是废历年关的几天，我外出的机会更多了，屠场的屠杀也愈增加了，甚至于白天经过，也要听到悲惨的叫声。

"世界是这样，消极地逃避是不可能的。你方才不是吃了猪肉吗？那么为什么听到了杀猪就如此害怕？古来有志的名人为了要锻炼胆力，曾有故意到刑场去看行刑的事。现在到处有天灾人祸，世界大战又危机日迫，你如果连杀猪都要害怕，将来到了流血成河、杀人盈野的时候怎样？要改革现社会，就得先有和现社会罪恶对面的勇气，你如果能把猪的绝命的叫声老实谛听，或实地去参观杀猪的情形，也许因此会发起真正的慈悲心来，废止肉食。假惺惺的行为，毕竟只是对自己的欺骗，不是好汉的气概！"有一天，在亲戚家里吃了年夜饭回来，我曾这样地在电车中自语。

下了电车，走近河边，照例就隐约地有猪叫声到耳朵里来了。棚屋中的灯光隔河望去特别地亮，还夹入着热蓬蓬的烟雾。我抱了方才的决心步行着故意去听，总觉得有些难耐。及接连听到那几声尖利的惨叫，不由自主地又把两耳掩住了。

早老者的忏悔

朋友间谈话，近来最多谈及的是关于身体的事。不管是三十岁的朋友，四十的朋友，都说身体应付不过各自的工作，自己照起镜子来，看到年龄以上的老态，彼此感慨万分。

我今年五十，在朋友中原比较老大，可是自己觉得体力减退已好多年了。三十五六岁以后，我就感到身体一年不如一年，工作起不得劲，只是恹恹地勉强挨，几乎无时不觉得疲劳，什么都觉得厌倦。这情形一直到如今。十年以前，我还只四十岁，不知道我年龄的都说我是五十岁光景的人，近来居然有许多人叫我"老先生"。论年龄，五十岁的人应该还大有可为，古今中外，尽有活到了七十八十，元气很盛的。可是我却已经老了，而且早已老了。

因为身体不好，关心到一般体育上的事情，对于早年自己的学校生活，发现一个重大的罪过。现在的身体不好，可以说是当然的报应。这罪过是什么？就是看不起体操教师。

体操教师的被蔑视，似乎在现在也是普遍现象。这是有着历史关系的。我自己就是一个历史的人物。三十年前，中国初兴学校，学校制度不像现在的完整。我是弃了八股文进学校的，所进的学校先后有好几个，程度等于现在的中学。当时学生都是所谓"读书人"，童生秀才都有，年龄大的可三十岁，小的可十五六岁，我算是比较年青的一个。那时学校教育虽号称"德育智育体育并重”，可是学生所注重的是“智育”，学校所注重的也是“智育”，“德育”和“体育”只居附属的地位。在全校的教师之中，最被重视的是英文教师，次之是算学教师，格致（理化博物之总名）教师，最被蔑视的是修身教师、体操教师。大家把修身教师认作迂腐的道学家，把体操教师认作卖艺打拳的江湖家。修身教师大概是国文教师兼的。体操教师的薪水在教师中最低，往往不及英文教师的半数。

那时学校新设，各科教师都并无一定的资格，不像现在有大学或专门科毕业生。国文教师，历史教师，由秀才举人中挑选，英文教师大概向上海聘请，圣约翰书院（现在改称大学，当时也叫梵王渡）出身的曾大出过风头；算学、格致教师也都是把教会学校的未毕业生拉来充数：论起资格来，实在薄弱得很。尤其是体操教师，他们不是三个月或半年的速成科出身，就是曾经在任何学校住过几年的三脚猫。那时一面有学校，一面还有科举，大家把学校教育当作科举的准备。体操一科，对于科举是全然无关的，又不像现在学校的有竞技选手之类的名目，谁也不去加以注重。在体操时间，有的请假，有的立在操场上看教师玩把戏，自己敷衍了事。体操教师对于所教的功课似乎也并无何等的自信与理论，只是今日球类，明日棍棒，轮番着变换花样，想以趣味来维系人心。可是学生老不去睬他。

蔑视体操科，看不起体操教师，是那时的习惯。这习惯在我竟一直延长下去。我敢自己报告，我在以后近十年的学生生活中，不曾用心操过一次的体操，也不曾对于某一位体操教师抱过尊敬之念。换一句话说，我在学生时代不信“一二三四”等类的动作和习惯会有益于自己后来的健康。我只觉得“一二三四”等类的动作干燥无味。

　　朋友之中，有每日早晨在床上做二十分操的，有每日临睡操八段锦的，据说持久做会有效果，劝我也试试。他们的身体确比我好得多，我也已经从种种体验上知道运动的要义不在趣味而在继续持久，养成习惯。可是因为一向对于上面这些厌憎，终于立不住自己的决心，起不成头，一任身体一日不如一日。

　　我们所过的是都市的工商生活，房子是鸽笼，业务头绪纷繁，走路得刻刻留心，应酬上饮食容易过度，感官日夜不绝地受到刺激，睡眠是长年不足的，事业上的忧虑，生活上的烦闷，是没有一刻忘怀的。这样的生活当然会使人早老早死。除了捏锄头的农夫以外，却无法不营这样的生活，这是事实。积极的自救法，唯有补充体力，及早预备好了身体来。

　　"如果我在学生时代不那样蔑视体操科，对于体操教师不那样看他们不起，多少听受他们的教诲，也许……"我每当顾念自己的身体现状时，常这样暗暗叹息。

《平屋杂文》自序

把所写的文字收集了一部分付印成书，叫作《平屋杂文》。

自从祖宅出卖以后，我就没有自己的屋住。白马湖几间小平屋的造成，在我要算是一生值得纪念的大事。集中所收的文字，大多数并不是在平屋里写的，却差不多都是平屋造成以后的东西，最早的在民国十年，正是平屋造成的那一年。就文字的性质看，有评论，有小说，有随笔，每种分量既少，而且都不三不四得可以，评论不像评论，小说不像小说，随笔不像随笔。近来有人新造一个"杂文"的名词，把不三不四的东西叫作杂文，我觉得我的文字正配叫杂文，所以就定了这个书名。

我对于文学，的确如赵景深先生在《立报·言林》上所说"不大努力"。我自认不配做文人，写的东西既不多，而且并不自己记忆保存。这回的结集起来付印，全出于几个朋友的怂恿。朋友之中怂恿最力的要算郑振铎先生，他在这一年来，几乎每次见到就谈起出集子的事。

长女吉子，是平日关心我的文字的。她曾预备替我做收集的工作，不幸今年夏天竟病亡，不及从她父亲的文集里再读她父亲的文字了！

夏丏尊致夏满子

阿满：

　　年内得本埠转寄一信，曾作复寄乐山，不料你们已迁成都了。我今年仍教书，薪水加二成，得一百廿元，另外又收了三个学生，每周上门来两次，得卅元，每个月共百五十元。这数目虽小，在战后要算破纪录了。上海米已涨至百四十元一石，真是惊恐，饿死者不知将有多少人。

　　阿龙在市场上学做"抢帽子"生意，经验未足，无大把握。据说零用可以出产的。我也管不得许多，只好让他去瞎碰。秋云仍被阻在此，有机会时想冒险飘海回去，也只好再看情形。母亲今年六十岁了，天气好时，当去拍一张照（生日是六月十二），将来一定给你一张。她操作如常，尚能自解。

　　四川米价，传说不一，究竟合市斗每石要多少？上海洋米价八十五六元，本国米百余元。川闻要二十多元，确否？

　　前回由香港转之包裹，想尚未收到，如果真失去了，又是一件懊恼的事。小墨想已就职，但愿人地相合，工作有兴趣。便时叫他把就职后的情况写来告诉我们。沪寓大小均安好，勿念。

　　祝好。

丏尊

（一九四一年）二月廿日夜

寄　　意

我是《中学生》创办人之一，从创刊号至七十六期止，始终主持着编辑等社务。所以在我，本志好比一个亲自生育、亲手养大的儿女。

一九三七年八一三战事起后不多日，在校印中的本志七十七期随同上海梧州路开明书店总厂化为灰烬。嗣后社中同人流离星散，本志也就在上海失去了踪影。

两年以后，我在上海闻知开明同人已在内地取得联络，获得据点，本志也由原编辑人叶圣陶先生主持复刊了。这消息很使我快慰，好比闻知战乱中失散的儿女在他乡无恙一般。——实际上，我真有一个女儿随叶圣陶先生一家辗转流亡到了内地的。从此以后，遇到从内地来的人，就打听本志在内地的情形。两地相隔遥远，邮信或断或续，印刷品寄递尤不容易。偶然从来信中得到剪寄的本志文字一二篇，就同远人的照片一样，形影虽然模糊，也值得珍重相看。

直至胜利到来，才见到整册的复刊本志若干期。嗣后逐期将在上海重印出版。上海不见本志，已有八个多年头，一般在上海的老读者见了不知将怎样高兴。

我曾为本志写过许多稿子。可是在内地复刊以后，因为邮递不便，和个人生活不安、心情苦闷等种种原因，效力之处很少。记得只寄过一篇译稿。我的名字已和读者生疏了。从今以后，愿继续为本志执笔。近来我正病着，如果健康允许的话，一定要多写些值得给读者看的东西。

怀 人 集

白　采

　　我的认识白采，始于去年秋季立达学园开课时。在那学期中，我隔周由宁波到上海江湾兼课一次，每次总和他见面，可是因为来去都是匆匆，且不住在学园里的缘故，除在事务室普通谈话外，并无深谈的机会。只知道他叫白采，曾发表过若干诗和小说，是一个在学园中帮忙教课的人而已。

　　年假中，白采就了厦门集美的聘，不复在立达帮忙了。立达教师都是义务职，同人当然无法强留他，我到立达已不再看见他了。过了若干时，闻同人说他从集美来了一封很恳切的信，且寄了五十块钱给学园，说是帮助学园的。我听了不觉为之心动，觉得是一个难得的人。这是我在人品上认识白采的开始。

　　白采的小说，我在未面识他以前也曾在报上及杂志上散见过若干篇，印象比较地深些的，记得只是《归来的磁观音》一篇而已。至于他的诗集，虽曾也在书肆店头见到，可是一见了那惨绿色的封面和丧讣似的粗轮廓线，就使我不快，终于未曾取读。不知犯了什么因果，我自来缺少诗的理解力和鉴赏力，特别是新诗。旧友中如刘大白、朱佩弦都是能诗的，他们都有诗集送我，也不大去读，读了也不大发生共鸣。普通出版物上遇到诗的部分，也往往只胡乱翻过就算。白采的诗被我所忽视，也是当然的事了。一月前，佩弦由北京回白马湖，我为《一般》向他索文艺批评的稿子，他提出白采的诗来，说白采是现代国内少见的诗人，且取出那惨绿色封面有丧讣式的轮廓的诗集来叫我看。我勉强地看了一遍，觉得大有不可蔑视的所在，深悔从前自己的妄断。这是我在作品上认识白采的开始。

过了几天，为筹备《一般》创刊号来到上海，闻白采不久将来上海的消息，大喜。一是想请他替《一般》撰些东西，二是想和他深谈亲近，弥补前时"交臂失之"的缺憾。哪里知道日日盼望他到，而他竟病殁在离沪埠只三四小时行程的船上了！

从遗箧中发现许多关于他一生的重要物件，有家庭间财产上争执的函件，婚姻上纠纷的文证，还有恋人们送给他为表记的赭色黑色或直或卷的各种头发。最多的就是遗稿。各种各样的本子，叠起来高可盈尺，有诗，有词，有笔记，有诗剧。近来文人忙于发表，死后有遗稿的已不多见，有这许多遗稿的恐更是绝无仅有的了。我在这点上，不禁佩服他的伟大。

披览遗稿时，我所最难堪的是其自题诗集卷端的一首小诗。

我能有——

作诗时，不顾指摘的勇气，

也能有——

诗成后，求受指摘的虚心！

但是，

不知你有否一读的诚意？

惭愧啊！我以前曾蔑视一般的所谓诗，蔑视他的诗，竟未曾有过"一读的诚意"！他这小诗，不啻在骂我，责我对他不起，唉！我委实对他不起了！

我认识白采在半年以前，而真觉得认识白采却在别后的这半年——不，且在他死后。今后在遗稿上及其他种种机会上，对于他的认识，也许会加深加广。可是，我认识他，而他早死了！

关于国木田独步

独步的作品被介绍过的已经不少，这里所集的只是我个人所翻译的五篇。这五篇在他近百篇的短篇小说中，都是比较有名的杰作。

独步虽作小说，但根底上却是诗人。他是华治华司的崇拜者，爱好自然，努力着眼于自然的玄秘，曾读了屠格涅夫《猎人日记》中的《幽会》，作过一篇描写东京近郊武藏野风景的文字，至今还是风景描写的模范。

独步眼中的自然，不只是幽玄的风景，乃是不可思议的可惊可怖的谜，同时就是人生的谜。他的小说的于诗趣以外具有自然主义的风格，和他的热烈倾心宗教，似都非无故的。《牛肉与马铃薯》中主人公冈本的态度，可以说就是独步自己的态度。《女难》中所充满着的无可奈何的运命思想，也就是这自然观的另一方面。

事实！呜呼，这事实可奈何？

天上的星、月、云、光、风，地上的草、木、花、石，人间的历史、生活、性质、境遇、关系，生、死、情、欲、恨、恋，不幸、灾厄，幸运、荣达，啊！这事实，那事实，人只是盲目地在这错乱混杂的事实中起居着吗？

自然！宇宙固不可思议了。人间！啊，至于人间，不是更不可思议吗？它是爱着自然的法则的东西，所不可思议的是它的生活，运命，及其 Drama。

　　　　　　　　　日记（明治二十六年十一月十七日）

　　"非我"的这自然，"别的我"的他人。这是我近来的警句。

　　啊，人类！看啊看啊，看那许多"别的我"的我的在地上的运命啊！看啊，看啊，俯了仰了，看"非我"的这自然啊！

　　想啊想啊，把这我与这自然的关系。想得了这我与自然的关系，才可谓受有救世的天命的人。

　　　　　　　　　日记（明治二十七年二月十三日）

　　独步在明治二十六年（二十三岁）至二十九年五年间曾作的日记，其中充满着严肃的怀疑的气氛，像上面所举的文句几乎每页都可看到。他论诗与诗人的目的说：

　　从习惯的昏睡里唤醒人心，使知道，围着我们的世界之可惊可爱，才是诗的目的。更进一步说，使人在这可惊的世界中发现自己，在神的真理中发明人生的意义，才是诗人的目的。

　　　　　　　　　日记（明治二十六年十月十三日）

　　独步是有这样抱负的人，所以他的作品虽富有清快的诗趣，而内面却潜蓄着严肃真挚的精神，无论哪一篇都如此。

　　独步的恋爱事件，是日本文学史上有名的史料。中日战争（明治二十八年）起，独步被国民新闻社任为从军记者，入千代四军舰，归东京后，国民新闻社长德富苏峰的友人佐佐城丰寿夫人发起开从军记者招待会。独步那时年二十五岁，席上与夫人之女佐佐城信子相识，由是彼此陷入恋爱。经了许多困难，卒以德富苏峰的媒介，竹越与三郎的保证，在植村正久的司式下结婚。两人结婚后在逗子营了新家庭。独步为欲达其独立独行的壮怀，且思移居北海道躬耕自活，如《牛肉与马铃薯》中冈本所说的样子。谁知结婚未及一年，恋爱破裂，信子忽弃独步出走了。

独步的恋爱理想，在男女双方继续更新创造。信子出走后，独步给她的书中有一处说：

> 据有经验的人说：新夫妇的危险起于结婚后的半年间。忍耐经过了这半年，夫妇的真味才生。真的，你在第五个月上，就触了这暗礁了。原来人无论是谁都是充满着缺点的，到了结婚以后，不能复如结婚前可以空想地满足，实是当然之事。如果因不能空想地满足就离婚，那么天下将没有可以成立的夫妇了。这里须要忍耐，设法，彼此反省，大家奖励。所谓共艰难苦乐者，不只外来的艰苦，并须与从相互间出来的人性的恶点奋斗。夫妇的真义，不就在此吗？

《夫妇》为独步描写恋爱的作品，亦曾暗示着与上文同样的意见。《第三者》则竟是他的告白了。江间就是他自己，鹤姑是信子，大井、武岛则是以当时结婚的周旋者德富苏峰、内村植三、竹越与三郎为模特儿的。

　　信子一去不返，结果不免离婚。独步的烦闷，真是非同小可，曾好几次想自杀。他的日记中，留着许多血泪的文字。

　　　　她竟弃舍我了，寒风一阵，吹入心头，迥环地扰我，我的心已失了色、光和希望了。信子，信子！你我同在东京市中相隔只里余，你的心为何远隔到如此啊！

　　　　啊，恋爱的苦啊！逐着冷却了的恋爱的梦，其苦真难言状。

　　　　我永永爱信子，我心愈恋恋于信子。

　　　　她已是恋爱的坟墓了吗？那么我将投埋在她里面。

　　　　　　　　　　　　　　（明治二十九年四月三十日）

　　　　睡眠亦苦，因为要梦见信子。

　　　　我到底不能忘情于信子，即在走路的时候，填充我的爱的空想的，仍是关于信子的事。

　　　　自一旦与信子的爱破裂，就感到一生已无幸福可言了，我是因了信子的爱而生存的。

　　　　无论怎样的困厄、贫苦、不幸，如果有信子和我在一淘奋斗，就觉得什么都不怕。信子的爱，给我以难以名言的自由。

　　　　然而，现在完了，现在，这爱的隐身所倒了！

　　　　我好像被裹了体投到世路风雪之中，我的回顾从前之爱，亦非得已。

　　　　我真不幸啊！

　　然而爱不是交换的，是牺牲的，我做了牺牲了，我的爱誓永

久不变。

（明治二十九年五月二日）

　　赖了先辈德富苏峰等诸名士的鼓舞，及平日的宗教信仰，独步幸而未曾踏到自杀途上去。可是此后的独步，壮志已灰，豪迈不复如昔，只成了一个恋爱的漂泊者，抑郁以殁。啊！《女难》！作者的女难！

　　独步是明治四十一年死的。他虽替日本文坛做了一个自然主义的先驱，但终身贫困不过。现在全国传诵的他的名作，当时只值五角钱三角钱一页的稿费。《巡查》脱稿，预计可得五元，高兴得了不得邀友聚餐，结果只得三元，餐费超过预计算。这是有名的他的轶事。他的被社会认识，是在明治四十年前后，那时他已无力执笔，以濒死的病躯，奄卧在茅崎的南湖院了。

对了米莱的《晚钟》

米莱的《晚钟》在西洋名画中是我所最爱好的一幅，十余年来常把它悬在座右，独坐时偶一举目，辄为神往，虽然所悬的只是复制的印刷品。

苍茫暮色中，田野尽处隐隐地耸着教会的钟楼，男女二人拱手俯首做祈祷状，面前摆着盛了薯的篮笼、锄铲及载着谷物袋的羊角车。令人想象到农家夫妇田作已完，随着教会的钟声正在晚祷了预备回去的光景。

我对于米莱的艰苦卓绝的人格与高妙的技巧，不消说原是崇拜的；他的作品多农民题材，画面成戏剧的表现，尤其使我佩服，同是他的名作如《拾落穗》，如《第一步》，如《种葡萄者》等，我虽也觉得好，不知什么缘故总不及《晚钟》能吸引我，使我神往。

我常自己剖析我所以酷爱这画，这画所以能吸引我的理由，至最近才得了一个解释。

画的鉴赏法原有种种阶段，高明的看布局调子笔法等，俗人却往往执着于题材。譬如在中国画里，俗人所要的是题着"华封三祝"的竹子，或是题着"富贵图"的牡丹，而竹子与牡丹的画得好与不好是不管的。内行人却就画论画，不计其内容是什么，竹子也好，芦苇也好，牡丹也好，秋海棠也好，只从笔法神韵等去讲究，去鉴赏。米莱的《晚钟》在笔法上当然是无可批评的了。例如画地是一件至难的事，这作品中的地的平远，是近代画中的典型，凡是能看画的都知道的。这作品的技巧可从各方面说，如布局色彩等，但我之所以酷爱这作品却不仅在技巧上，倒还是在其题材上。用题材来观画虽是俗人之事，我在这里却愿作俗人而不辞。

米莱把这画名曰《晚钟》，那么题材不消说是有关于信仰了，所画的是耕作的男女，就暗示着劳动；又，这一对男女一望而知为协同的夫妇，故并暗示着恋爱。信仰，劳动，恋爱，米莱把这人间生活的三要素在这作品中用了演剧的舞台面式展示着。我以为，我敢自承，我所以酷爱这画的理由在此。这三种要素的调和融合，是人生的理想。我的每次对了这画神往者，并非在憧憬于画，只是在憧憬于这理想。不是这画在吸引我，是这理想在吸引我。

信仰，劳动，恋爱，这三者融和一致的生活才是我们的理想生活。信仰的对象是宗教。关于宗教原也有许多想说的话，可是宗教现在正在倒霉的当儿，有的主张以美学取而代之，有的主张直截了当地打倒。为避免麻烦计，姑且不去讲他，单就劳动与恋爱来谈谈吧。

劳动与恋爱的一致，是一切男女的理想，是两性间一切问题的归趋。特别地在现在的女性，是解除一切纠纷的锁钥。

"不劳动者不得食"，这虽是政党的话，确是人间生活无可逃免的铁一般的准则，无论男女。女性地位的下降实由于生活不能独立，普通的结婚生活，在女性都含有屈辱性与依赖性。在现今，这屈辱与依赖与阶级的高下成为反比例。因为，下层阶级的妇女不像太太的可以安居坐食，结果除了做性交机器以外，虽然并不情愿，还须帮同丈夫操作，所以在家庭里的地位较上流或中流的妇女为高。我们到乡野去，随处都可见到合力操作的夫妇，而在都会街上除了在黎明和黄昏见到上工厂去的女工外，日中却触目但见着旗袍穿高跟皮鞋的太太们姨太太们或候补太太们与候补姨太太们！

　　不消说，下层妇女的结婚在现今也和上流中流阶级的妇女一样，大概不由于恋爱，是由于强迫或买卖的。不，下层妇女的结婚其为强迫的或买卖的，比之上流中流社会更来得露骨。她们虽帮同丈夫在田野或家庭操作，未必就成米莱的画材。但我相信，如果她们一旦在恋爱上觉醒了，她们的营恋爱生活，要比上流中流的妇女容易得多，基础牢固得多，不管上流中流的女性识得字，能读恋爱论，能谈恋爱，能讲社交。

　　但看娜拉吧，娜拉是近代妇女觉醒第一声的刺激，凡是新女子差不多都以娜拉自命。但我们试看未觉醒以前的娜拉是怎样的。她购买圣诞节的物品超过了预算，丈夫赫尔茂责她：

　　　　"这样浪费是不行的！"

　　　　"真真有限哩，不行？你不是立刻就可以有大收入了吗？"

　　　　"那要新年才开始，现在还未哩！"

　　　　"不要紧，到要时不是再可以借的吗？"

　　　　"你真太不留意！如果今日借了一千法郎在圣诞节这几日中用尽了，到新年的第一日，屋顶跌下一块瓦来，落在我头上把我磕死了……"

　　　　"不要说这吓死人的不祥语。"

　　　　"喏，万一真有了这样的事，那时怎样？"

　　赫尔茂这样诘问下去，娜拉也终于弄到悄然无言了。赫尔茂倒不忍起来，重新取出钱来讨她的好，于是娜拉也就在"我的小鸟"咧、"小栗鼠"咧的玩弄的爱呼声中，继续那平凡而安乐的家庭生活。这就是觉醒前的娜拉的正体。及觉醒了，离家出走了，剧也就此终结。娜拉出家以后的情形是值得我们思索的。于是，"娜拉仍回来吗？"终于成了有趣味的一个问题。鲁迅先生曾有过一篇《娜拉走后怎样》的文字。

觉醒后的娜拉，我们不知道其生活怎样，至于觉醒以前的娜拉，我们在上流中流的家庭中，在都会的街路上都可见到的。现在的上流中流阶级本是消费的阶级，而上流中流阶级的女性，更是消费阶级中的消费者。她们喜虚荣，思享乐。她们未觉醒的，不消说正在做"小鸟"做"栗鼠"，觉醒的呢，也和觉醒后的娜拉一样，向哪里走还成为一个问题，还是一个费人猜度的谜。

上流中流阶级的女性，物质的地位无论怎样优越，其人格的地位实远逊于下层阶级的女性，而其生活也实在惨淡。她们常被文学家摄入作品里作为文学的悲惨题材。《娜拉》不必说了，此外如莫泊桑的《一生》，如佛罗倍尔的《波华荔夫人》，如托尔斯泰的《安娜·卡列尼娜》等都是。莫泊桑在《一生》所描写的是一个因了愚蠢兽欲的丈夫虚度了一生的女性，佛罗倍尔的《波华荔夫人》与托尔斯泰的《安娜·卡列尼娜》，其女主人公都是因追逐不义的享乐的恋爱而陷入自杀的末路的。她们的自杀不是壮烈的为情而死的自杀，只是一种惭愧的忏悔的做不来人了的自杀。前者固不能恋爱，后二者的恋爱也不是有底力的光明可贵的恋爱，只是一种以官能的享乐为目的的奸通而已。而她们都是安居于生活无忧的境遇里的女性。

在中国的历史上有一对我所佩服的恋爱男女，就是司马相如与卓文君。

我不佩服他们别的，佩服他们的能以贵族出身而开酒店，男的着犊鼻裙，女的当垆。（虽然有人解释，他们的行为是想骗女家的钱。）我相信，男女要有这样刻苦的决心，然后可谈恋爱，特别地在女性。女性要在恋爱上有自由，有保障，非用劳动去换不可。未入恋爱未结婚的女性，因了有劳动能力，才可以排除种种生活上的荆棘，踏入恋爱的途程。已有了恋爱对手的女性，也因有了劳动的能力作现在或将来的保证。有了劳动自活的能力，然后对己可有真正恋爱不是卖淫的自信。

我所谓劳动者，并非定要像《晚钟》中的耕作或文君的当垆，凡是有益于社会的工作，不论是劳心的劳力的都可以。家政育儿当然也在其内。在这里所当连带考察的就是妇女职业问题了。

妇女的职业，其成为问题在机械工业勃兴家庭工业破坏以后。工业革命以来，下层阶级的农家妇女或可仍有工作，至于中流以上的妇女，除了从来的家庭杂务以外已无可做的工作。家庭杂务原是少不来的工作，尤其是育儿，在女性应该自诩的神圣的工作。可是家庭琐务是不生产的，因此在经济上，女性在两性间的正当的分业不被男性所承认，女性仅被认作男性的附赘物，女性亦不得不以附赘物自居，积久遂在精神上养成了依赖的习性，在境遇上落到屈辱的地位。

要想从这种屈辱解放，近代思想家曾指出绝对相反的两条路：一是教女性直接去从事家事育儿以外的劳动，与男性作经济的对抗；一是教女性自信家事育儿的神圣，高唱母性，使男性及社会在经济以外承认女性的价值。主张前者的是纪尔曼夫人，主张后者的是托尔斯泰与爱伦凯。

这两条绝对相反的道路，教女性走哪一条呢？真理往往在两极端之中，能调和两者而不使冲突，不消说是理想的了。近代职业有着破坏家庭的性质，无可讳言，但因了职业的种类与制度的改善，也未始不可补救于万一。妇女职业的范围应该从种种方向扩大，而关于妇女职业的制度，尤须大大地改善。职业的妨害母性，其故实由于职业不适于女性，并非女性不适于职业。现代的职业制度实在太坏，男性尚有许多地方不能忍受，何况女性呢？现今文明各国已有分娩前后若干周的休工的法令和日间幼儿依托所等的设施了，甚望能以此为起点，逐渐改善。

在都市中，每遇清晨及黄昏见到成群提了食筐上工场去的职业妇女，我不禁要为之一蹙额，记起托尔斯泰的叹息过的话来。但见到那正午才梳洗下午出外叉麻雀的太太或姨太太们，见到那向恋人请求补助学费的女学生们，或是见到那被丈夫遗弃了就走投无路的妇人们，更觉得愤慨，转而暗暗地替职业妇女叫胜利，替职业妇女祝福了。

体力劳动也好，心力劳动也好，家事劳动也好，在与母性无冲突的家外劳动也好，"不劳动者不得食"，原是男女应该共守的原则。我对于女性，敢再妄补一句："不劳动者不得爱！"

美国女作家阿利符修拉伊娜在其所著的书里有这样的一章：

　　　我曾见到一个睡着的女性，人生到了她的枕旁，两手各执着赠物。一手所执的是"爱"，一手所执的是"自由"，叫女性自择一种。她想了许多时候，选了"自由"。于是人生说："很好，你选了'自由'了。如果你说要取'爱'，那我就把'爱'给了你，立刻走开永久不来了。可是，你却选了'自由'，所以我还要重来。

到重来的时候，要把两种赠物一齐带给你哩！"我听见她在睡中笑。

要爱，须先获得自由。女性在奴隶的境遇之中绝无真爱可言。这原则原可从种种方面考察，不但物质的生活如此。女性要在物质的生活上脱去奴隶的境遇，获得自由，劳动实是唯一的手段。

爱与劳动的一致融合，真是希望的。男女都应以此为理想，这里只侧重于女性罢了。我希望有这么一天：女性能物质地不做男性的奴隶，在两性的爱上，铲尽那寄食的不良分子，实现出男女协同的生产与文化。

对了《晚钟》忽然联想到这种种。《晚钟》作于一八五九年，去今已快七十年了。近代劳动情形大异从前，米莱又是一个农民画家，编写当时乡村生活的，要叫现今男女都做《晚钟》的画中人，原是不能够的事。但当做爱与劳动融合一致的象征，是可以千古不朽的。

阮玲玉的死

　　电影女伶阮玲玉的死，叫大众非常轰动。这一星期以来，报纸上连续用大幅记载着她的事，街谈巷语都以她为话题。据说跑到殡仪馆去瞻观遗体的有几万人，其中有些人是特从远地赶来的，出殡的时候沿途有几万人看。甚至还有两个女子因她的死而自杀。轰动的范围之广为从来所未有。她死后的荣哀，老实说超过于任何阔人、任何名流，至于那些死后要大发讣闻号召吊客，出殡时要靠许多叫花子来绷场面的大丧事，更谈不上了。

　　一个电影女伶的死竟会如此轰动大众，这原因说起来原不简单。第一，她是自杀的，自杀比生病死自然更易动人；第二，她的死是为了恋爱的纠纷，桃色事件照例是容易引起大众的注意的；第三，她是一个电影伶人，大众虽和她无往来，但在银幕上对她有相当的认识，抱有相当的好感。这三种原因合在一起，遂使她的死如此轰动大众。

　　如果把这三种原因分析比较起来，我以为第三个原因是主要的，第一第二并不是主要的原因。现今社会上自杀的人差不多日日都有，桃色事件更不计其数，因桃色事件而自杀的男女也不知有多少，何以不曾如此轰动大众呢？阮玲玉的死所以如此使大众轰动，主要原因就在大众对她有认识，有好感，换句话说，她十年来体会大众的心理，在某程度上是曾能满足大众要求的。同是电影女伶，同是自杀的，一年以前有过一个艾霞。社会人士虽也曾为之惋惜，却没有如此轰动，那是因她上银幕未久，作品不多，工力尚未能深入人心的缘故。

不论音乐绘画文章或是什么，凡是真正的艺术，照理都该以大众为对象，努力和大众发生交涉的。艺术家的任务就在用了他的天分体会大众的心情，用了他的技巧满足大众的要求。好的艺术家必和大众接近，同时为大众所认识，所爱戴。普式庚出殡时啜泣而送的有几万人；陀思妥夫斯基的死，许多人为之号哭，农民画家米莱的行事和作品，到今还在多数人心里活着不死。他们一向不忘记大众，一切作为都把大众放在心目中，所以大众也不忘记他们，把他们放在心目中。这情形原不但艺术上如此，政治上、道德上、事业上、学问上都一样。凡是心目中没有大众的，任凭他议论怎样巧，地位怎样高，声势怎样盛，大众也不会把他放在心目中。

现在单就艺术来说，在各种艺术之中，最易有和大众接触的机会的要算戏剧和文学。戏剧天然有许多观众，文学靠了印刷的传布，随时随地可得到读者。

同是戏剧，电影比一向的京剧、昆剧接近大众得多。这只要看京剧、昆剧已观客渐少而电影院到处林立的现象，就可知道。在今日，旧剧的名伶——假定是梅兰芳氏吧，有一天如果死了，死因无论怎样，轰动大众的程度绝不及这次的阮玲玉，这是可预言的。电影伶人卓别林将来死时，必将大大地有一番轰动，这也是可预言的。因为电影在性质上比歌剧接近于大众，它的艺术材料及演出方法，在为大众接受上有着种种旧剧所没有的便利。阮玲玉的表演技术原不能说已了不得，已好到了绝顶，她在电影上的能力和从来名伶在旧剧上的能力，两相比较起来也许不及。她的所以能因了相当的成就，收得较大的效果，可以说因为她是电影伶人的缘故。如果她以同样的能力投身在旧剧中，也许只是一个平常的女伶而已。这完全是艺术材料和方法进步不进步的关系。

　　同样的情形也可应用到文学上。文学是用文字做的艺术，它的和大众接近，本来就没有像电影的容易。电影只要有眼睛的就能看，文学却须以识得懂得文字为条件，文学对于文盲，其无交涉等于电影之对于瞎子。国内瞎子不多，文盲却自古以来占着大多数，到现在还是占着大多数。文学在中国根本是和大众绝缘的东西。救济的方法，一方面固然须普及教育，扫除文盲，一方面还得像旧剧改进到电影的样子，把文学的艺术材料和演出方法改进，使容易和大众接近，世间各种新文学运动，用意不外乎此。新文学运动离成功尚远，并且还有各种各样的阻力在加以障碍。例如到现在还居然有人主张作古文读经。中国自古有过许多杰出的文人，现在也有不少好的文人，可是大众之中认识他们，爱戴他们的人有多少呢？长此下去，中国文人心目中没有大众的不必说了，即使心目中想有大众，也无法有大众吧。中国文人死的时候，像阮玲玉似的能使大众轰动的，过去固然不曾有过，最近的将来也绝不会有吧。这是可使我们做文人的愧杀的。

读 诗 偶 感

数年前，经朱佩弦君的介绍，求到了黄晦闻（节）氏的字幅。黄氏是当代的诗家，我求他写字的目的，在想请他写些旧作，不料他所写的却不是自己的诗，是黄山谷的《戏赠米元章》二首。那诗如下：

万里风帆水着天，麝煤鼠尾过年年。

沧江静夜虹贯月，定是米家书画船。

我有元晖古印章，印刓不忍与诸郎。

虎儿笔力能扛鼎，教字元晖继阿章。

字是写得很苍劲古朴的，把它装裱好了挂在客堂间里，无事的时候，一个人看着读着玩。字看看倒有味，诗句读读却感到无意味，不久就厌倦了，把它收藏起来，换上别的画幅。

近来，听说黄氏逝世了，偶然念及，再把那张字幅拿出来挂上，重新来看着读着玩。黄氏的字仍是有味的，而山谷的诗句仍感到无意味。于是我就去追求这诗对我无意味的原因。第一步，把平日读过的诗来背诵，发现我所记得的诗里面，有许多也是对我意味很少或竟是无意味的；再去把唐宋人的集子来随便翻，觉得对我无意味的东西竟着实不少。

文艺作品的有意味与无意味，理由当然不很简单，说法也许可以各人不同吧。我现在所觉到的只是一点，就是对我的生活可以发生交涉的，有意味，否则就无意味。让我随便举出一首认为有意味的诗来，如李白的《静夜思》：

　　床前明月光，疑是地上霜。举头望明月，低头思故乡。

　　这首诗从小就记熟，觉得有意味，至今年纪大了，仍觉得有意味。第一，这里面没有用着一定的人名，任何人都可以做这首诗的主人公。"疑"，谁"疑"呢？你疑也好，我疑也好，他疑也好，"举头""望""低头""思"，这些动作，任凭张三李四来做都可以。诗句虽是千年以前的李白作的，至今任何人在类似的情景之下，都可以当作自己的创作来念。心中所感到的滋味，和作者李白当时所感到的可以差不多。第二，这里面用着不说煞的含蓄说法，只说"思故乡"，不加"恋念""悲哀"等的限定语。为父母而思故乡也好，为恋人而思故乡也好，为战乱而思故乡也好，什么都可以。犹之数学公式中的 X，任凭你代入什么数字去都可适用。如果前人的文学作品可以当遗产的话，这类的作品的确可以叫作遗产的了。

　　再回头来读山谷的那两首诗：第一首是写米元章的船中书画生活的。米元章工书画，当时做着名叫"发运司"的官，长期在江淮间船上过活，船里带着许多书画，自称"米家书画船"。第二首是说要将自己所郑重珍藏的晋人谢元晖的印章赠予米元章的儿子虎儿（名友仁），说虎儿笔力好，可取字元晖，使用这印章，继承父业。这两首诗在山谷自己不消说是有意味的，因为发挥着对于友人的情感。在米元章父子也当然有意味，因为这诗为他们而作。但是对千年以后的我们发生什么交涉呢？我们不住在船中，又不会书画，也没有古印章，也没有"笔力能扛鼎"的儿子，所以读来读去，除了记得一件文人的故事和诗的平仄音节以外，毫不觉得有什么了。如果用遗产来做譬喻，李白《静夜思》是一张不记名的支票，谁拿到了都可支取使用，籴米买菜；山谷的《戏赠米元章》二首是一张记名的画线支票，非凭记着的那人不能支取，而这记着的那人却早已死去了。于是这张支票捏在我们手里，只好眼睛对它看看而已。

　　山谷的集子里当然也有对我们有意味的诗，李白的集子里也有对我们无意味的诗，上面所说的，只是我个人现在的选择见解。依据这见解把从来汗牛充栋的诗集、文集、词集来检验估价，被淘汰的东西将不知有若干；以前各种各样的选本，也不知该怎样翻案才好。这对于古人也许是一种忤逆，但为大众计，是应该的。我们对于前人留下来的文艺作品，要主张有读的权利，同时要主张有不读的自由。

坪 内 逍 遥

明治维新以后，日本的文化界现出长足的进步，这进步不能不归功于几个特志的先驱者。就文艺方面说，近代日本文艺史上，如果没有了高山樗牛、正冈子规、国木田独步、二叶亭四迷、坪内逍遥、夏目漱石、森鸥外等几个，日本的新文艺绝没有今日的成果是可以断言的。这几个人在各方面给予青年以新刺激，树立了文艺上的各种新基础，可以说是日本文艺界的恩人。

在这几个人里面，坪内逍遥是死得最后的一个。他名雄藏，号逍遥，又号小羊；生于安政六年（一八五九），本年二月二十八日逝世，享年近八十岁。他原是一个政治科的大学生；因为平日多与小说接近，遂把趣味倾向到文学上去。日本当时离维新不久，各方面都有崇尚欧化的倾向，这时代的青年，尤其是大学生，皆以新文化的建设者自恃，坪内氏是文艺革新的先驱者。

坪内氏的功绩，第一步是对于小说界的贡献。明治初期的日本小说有着两种倾向，一是封建时代残余下来的劝善惩恶的主旨，二是政治主张的宣传，即所谓政治小说。前者是他们模仿汉学的遗影，后者是以当时维新的政治上变革的影响。坪内氏于学生时代耽读司各德、莎士比亚等的西洋作品，一壁试行写作，于明治十八年（一八八五）发表《当世书生气质》。这是模仿了西洋小说写成的东西，和从来的日本小说大异其趣。里面所写的是八个求学的青年在首都东京过着奔放生活的情形，以维新后的新空气做着背景。这小说现在早已没人读了，技巧上也未脱旧小说的窠臼，可是在那时是划时代的作品。日本的写实风的小说，第一部就是这《当世书生气质》。

《当世书生气质》一时颇引起文坛的议论，同年，坪内氏又发表了一本《小说神髓》，主张小说的主眼在人情的描写，排斥从来劝善惩恶政治宣传的主义，并论及小说的起源、变迁及批评，等等。这部书一方面是《当世书生气质》的解释，一方面又是指导小说的原理的东西。给后来的日本文坛，开了一条先路，在文学史上很是有名的。

坪内氏在《当世书生气质》以后，也曾写过好几篇小说，可是都不曾出名。把他的《小说神髓》里的主张应用在小说上而成功的，是二叶亭四迷。二叶亭四迷的《浮云》，出世比《小说神髓》稍后，是至今还有人喜读的小说，全体用现代语写，技巧远在《当世书生气质》以上。坪内氏见了《浮云》，就断念于小说的创作。他说："有了二叶亭，我不必再从事于这方面了。"真可谓有自知之明的人。

他断念于小说以后，专心在戏剧上努力。他所作的剧本，第一部是明治二十九年出版的《桐一叶》，此外，如《孤城落日》《牧者》《义时的结局》《名残星月夜》《阿夏狂乱》《良宽与保姆》等，都很有名。他所作的戏剧，大部分是所谓"新歌舞伎剧"，立足于史实，用日本传统的"歌舞伎剧"的方法表演。他戏剧上的功绩在历史剧的确立和悲剧的开拓。他的埋头于莎士比亚的研究，目的就在这上面，因为莎士比亚的作品中有不少的史剧与悲剧。朗读法，言语术，是他最所关心的方面。据说，他在教室中对学生讲读莎士比亚剧本的时候，常用戏子在舞台上说白的口吻；与人杂谈，也往往会模仿某剧中某角色的调子。他对于新派剧演员的不讲究言语的功夫，很是不满，曾说："戏剧是言语的艺术，言语的质、种类、调子都得选择。"他对于言语的苦心可见一斑了。

他被认为是日本戏剧界的恩人，可是他所作的剧本，并没有全体上演。那最使他出名的《桐一叶》，排演也在发表后的十几年。因为新歌舞伎剧不比新剧，是需要特种的演员的。他的最可惊异的成功的工作，倒是莎士比亚剧本的翻译。他的对于莎士比亚的造诣，不但在日本没有第二个，在全世界也是有数的人。因而他死去的时候，英国驻日本的公使曾亲往吊唁，在吊辞中盛称他对于英国文献的劳绩。他研究莎士比亚剧，差不多有五十年之久，翻译的剧本，几十年前早已陆续刊行了，只管订正，只管修改，到去年全部才有定本，由中央公论社出版。这与其说翻译，不如说是创作。原来，他是从事于新歌舞伎剧的，莎士比亚的剧本经他翻译，言语的调子已毫无英语色彩，全部成了日本新歌舞伎剧中的说白了。他所译的莎士比亚剧，可以由新歌舞伎的戏子演出，而于原文的意义却要力求不差，这是何等艰苦的事！

坪内氏不但是文学上有功的人，在教育上也值得记忆。他最初做过塾师，执过中学的教鞭，后来任早稻田大学教授数十年。他的塾徒，有丘浅次郎、长谷川如是闲等名人。早稻田大学出身的学生里更有不少在各方面杰出的分子。

坪内氏在剧本以外还有几种著作，《小羊漫言》《文学这时那时》《英文学史》等较有名。最近出版的还有随笔集《柿的蒂》。他在热海有一个别庄，名叫双柿舍，《柿的蒂》盖由此命名的。

我的畏友弘一和尚

弘一和尚是我的畏友。他出家前和我相交近十年，他的一言一行，随在都给我以启诱。出家后对我督教期望尤殷，屡次来信都劝我勿自放逸，归心向善。

佛学于我向有兴味，可是信仰的根基迄今远没有建筑成就。平日对于说理的经典，有时感到融会贯通之乐，至于实行修持，未能一一遵行。例如说，我也相信唯心净土，可是对于西方的种种客观的庄严尚未能深信。我也相信因果报应是有的，但对于修道者所宣传的隔世的奇异的果报，还认为近于迷信。关于这事，在和尚初出家的时候，曾和他经过一番讨论。和尚说我执着于"理"，忽略了"事"的一方面，为我说过"事理不二"的法门。我依了他的谆嘱读了好几部经论，仍是格格难入。从此以后，和尚行脚无定，我不敢向他谈及我的心境。他也不来苦相追究，只在他给我的通信上时常见到"衰老浸至，宜及时努力""珍重"等泛劝的话而已。

自从白马湖有了晚晴山房以后，和尚曾来小住过几次，多年来阔别的旧友复得聚晤的机会。和尚的心境已达到了什么地步，我当然不知道，我的心境却仍是十年前的老样子，牢牢地在固步中封止着。和尚住在山房的时候，我虽曾虔诚地尽护法之劳，送素菜，送饭，对于佛法本身却从未说到。

有一次，和尚将离开山房到温州去了，记得是秋季，天气很好，我邀他乘小舟一览白马湖风景。在船中大家闲谈，话题忽然触到蕅益大师。蕅益名智旭，是和莲池、紫柏、憨山同被称为明代四大师的。和尚于当代僧人则推崇印光，于前代则佩仰智旭，一时曾言其住室曰旭光室。我对于蕅益，也曾读过他不少的著作。据灵峰宗论上所附的传记，他二十岁以前原是一个竭力谤佛的儒者，后来发心重注《论语》，到《颜渊问仁》一章，不能下笔，于是就出家为僧了。在传下来的书目中，他做和尚以后曾有一部著作叫《四书蕅益解》的，我搜求了多年，终于没有见到。这回和和尚谈来谈去，终于说到了这部书上面。

"《四书蕅益解》前几个月已出版了。有人送我一部，我也曾快读过一次。"和尚说。

"蕅益的出家，据说就为了注'四书'，他注到《颜渊问仁》一章据说不能下笔，这才出家的。《四书蕅益解》里对《颜渊问仁》章不知注着什么话呢？倒要想看看。"我好奇地问。

"我曾翻过一翻，似乎还记得个大概。"

"大意怎样？"我急问。

"你近来怎样，还是唯心净土吗？"和尚笑问。

"……"我不敢说什么，只是点头。

"《颜渊问仁》一章，可分两截看。孔子对于颜渊说：'克己复礼'。只要'克己复礼'本来具有的，不必外求为仁。这是说'仁'是就够了，和你所见到的唯心净土说一样。但是颜渊还要'请问其目'，孔子告诉他'非礼勿视，非礼勿听，非礼勿言，非礼勿动'，这是实行的项目。'克己复礼'是理，'非礼勿视'等等是事。所以颜回下面有'请事斯语矣'的话。理是可以顿悟的，事非脚踏实地去做不行。理和事相应，才是真实功夫，事理本来是不二的。——蕅益注《颜渊问仁》章大概如此吧，我恍惚记得是如此。"和尚含笑滔滔地说。

"啊，原来如此。既然书已出版了，我想去买来看看。"

"不必，我此次到温州去，就把我那部寄给你吧。"

和尚离白马湖不到一星期，就把《四书蕅益解》寄来了，书面上仍用端楷写着"寄赠丏尊居士""弘一"的款识。我急去翻《颜渊问仁》一章。不看犹可，看了不禁呀地自叫起来。

原来蕅益在那章书里只在"回虽不敏，请事斯语矣"下面注着"僧再拜"三个字，其余只录白文，并没有说什么，出家前不能下笔的地方，出家后也似乎还是不能下笔。所谓"事理不二"等等的说法，全是和尚针对了我的病根临时为我编的讲义！

和尚对我的劝诱在我是终身不忘的，尤其不能忘怀的是这一段故事。这事离现在已六七年了，至今还深深地记忆着，偶然念到，感着说不出的怅惘。

一个夏天的故事

　　这是希腊苏格拉底的轶事：苏格拉底曾当过兵，参与过战争。有一回，战后和许多兵士在旷野中行走，天气很热，大家已渴得难耐了。忽然在路旁发现一条小溪，清冽的水潺潺地流着。许多兵士都纷纷到溪边用手掬水，畅饮称快，苏格拉底却立着不去饮水。别的兵士奇怪了，问他："为什么有这样的好水不饮？"他回答说："我正渴得难耐，想试试自己的克己的功夫究有多少，预备忍耐到不渴为止。"

　　一年四季中，炎夏最为人所畏惧。一般人都把夏季看作灾难，要设法解消它，避免它，至于有"消夏""避暑"的名称。俗语说"过夏好比过难"。夏季的苦难原是很多的，容易生病咧，烈日如焚咧，蚊蚤叮咬咧，汗流浃背咧，热闷难熬咧……历举起来，说也说不尽。这种苦难如果照上面所举的故事说来，都可以作为锻炼修养的机会，而且都是最切实没有的机会。苏格拉底在西洋被称为千古的圣人，他的奋斗修养当然是无时无地懈怠的，这故事中所告诉我们的只是某一个夏天的事，而且只是关于渴的一件事。如果类推开去，应用是可以很广的。我们原不一定希望成圣人，把这样的精神学得一二分也就受用不尽了。

　　"怎样过暑假？"少年们作的这类题目的文章是我所常常见到的。文章里面大都"一、二、三、四"地分了项目，说着许多过暑假的预备，读书应该怎样，救国工作干些什么，修养该注意些什么，各人都定得井井有条。

在我看来，这些大部分都不免是抽象的空言。最要紧的是"在事上磨炼"。苏格拉底的故事，是"在事上磨炼"的一个好例。

这故事是我多年前偶然在某一本书上见到的，对我印象很深，每到夏天，更记忆起来。我有生以来未曾尝过往庐山、莫干山避暑的幸福，自丢了教鞭改入工商界以后，连暑假的权利也早已没有了。每当苦热难耐的时候，就把这故事记忆了来消遣。这故事是我的清凉散，现在拿来贡献给少年们。

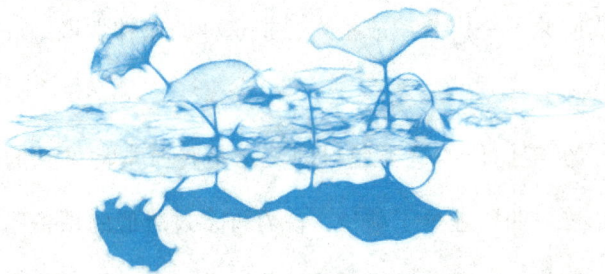

鲁迅翁杂忆

　　我认识鲁迅翁，还在他没有鲁迅的笔名以前。我和他在杭州两级师范学校相识，晨夕相共者好几年，时候是前清宣统年间。那时他名叫周树人，字豫才，学校里大家叫他周先生。

　　那时两级师范学校有许多功课是聘用日本人为教师的，教师所编的讲义要人翻译一遍，上课的时候也要有人在旁边翻译。我和周先生在那里所担任的就是这翻译的职务。我担任教育学科方面的翻译，周先生担任生物学科方面的翻译。此时，他还兼任着几点钟的生理卫生的教课。

　　翻译的职务是劳苦而且难以表现自己的，除了用文字语言传达他人的意思以外，并无任何可以显出才能的地方。周先生在学校里却很受学生尊敬，他所译的讲义就很被人称赞。那时白话文尚未流行，古文的风气尚盛，周先生对于古文的造诣，在当时出版不久的《域外小说集》里已经显出。以那样的精美的文字来译动物植物的讲义，在现在看来似乎是浪费，可是在三十年前重视文章的时代，是很受欢迎的。

　　周先生教生理卫生，曾有一次答应了学生的要求，加讲生殖系统。这事在今日学校里似乎也成问题，何况在三十年以前的前清时代。全校师生们都为惊讶，他却坦然地去教了。他只对学生提出一个条件，就是在他讲的时候不许笑。他曾向我们说："在这些时候不许笑是个重要条件。因为讲的人的态度是严肃的，如果有人笑，严肃的空气就破坏了。"大家都佩服他的卓见。据说那回教授的情形果然很好。别班的学生因为没有听到，纷纷向他来讨油印讲义看，他指着剩余的油印讲义对他们说："恐防你们看不懂的，要么，就拿去。"原来他的讲义写得很简，而且还故意用着许多古语，用"也"字表示女阴，用"了"字表示男阴，用"乡"字表示精子，诸如此类，在无文字学素养未曾亲听过讲的人看来，好比一部天书了。这是当时的一段珍闻。

周先生那时虽尚年轻，丰采和晚年所见者差不多。衣服是向不讲究的，一件廉价的羽纱——当年叫洋官纱——长衫，从端午前就着起，一直要着到重阳。一年之中，足足有半年看见他着洋官纱，这洋官纱在我记忆里很深。民国十五年（1926年）初秋他从北京到厦门教书去，路过上海，上海的朋友们请他吃饭，他着的依旧是洋官纱。我对了这二十年不见的老朋友，握手以后，不禁提出"洋官纱"的话来。"依旧是洋官纱吗？"我笑说。"呃，还是洋官纱！"他苦笑着回答我。

周先生的吸卷烟是那时已有名的。据我所知，他平日吸的都是廉价卷烟，这几年来，我在内山书店时常碰到他，见他所吸的总是金牌、品海牌一类的卷烟。他在杭州的时候，所吸的记得是强盗牌。那时他晚上总睡得很迟，强盗牌香烟、条头糕，这两件是他每夜必需的粮。服侍他的斋夫叫陈福。陈福对于他的任务，有一件就是每晚摇寝铃以前替他买好强盗牌香烟和条头糕。我每夜到他那里去闲谈，到摇寝铃的时候，总见陈福拿进强盗牌和条头糕来，星期六的夜里备得更富足。

周先生每夜看书，是同事中最会熬夜的一个。他那时不做小说，文学书是喜欢读的。我那时初读小说，读的以日本人的东西为多，他赠了我一部《域外小说集》，使我眼界为之一广。我在二十岁以前曾也读过西洋小说的译本，如小仲马、狄更斯诸家的作品，都是从林琴南的译本读到过的。《域外小说集》里所收的是比较近代的作品，而且都是短篇，翻译的态度，文章的风格，都和我以前所读过的不同。这在我是一种新鲜味。自此以后，我于读日本人的东西以外，又搜罗了许多日本人所译的欧美作品来读，知道的方面比较多起来了。他从五四以来，在文字上、思想上，大大地尽过启蒙的努力。我可以说在三十年前就受他启蒙的一个人，至少在小说的阅读方面。

周先生曾学过医学。当时一般人对于医学的见解，还没有现在的明了，尤其关于尸体解剖等类的话，是很新奇的。闲谈的时候，常有人提到这尸体解剖的题目，请他讲讲"海外奇谈"。他都一一说给他们听。据他说，他曾经解剖过不少的尸体，有老年的、壮年的、男的、女的。依他的经验，最初也曾感到不安，后来就不觉得什么了，不过对于青年的妇人和小孩的尸体，当开始去破坏的时候，常会感到一种可怜不忍的心情。尤其是小孩的尸体，更觉得不好下手，非鼓起了勇气，拿不起解剖刀来。我曾在这些谈话上领略到他的人间味。

周先生很严肃，平时是不大露笑容的，他的笑必在诙谐的时候。他对于官吏似乎特别憎恶，常模拟官场的习气，引人发笑。现在大家知道的"今天天气……哈哈"一类的模拟谐谑，那时从他口头已常听到。他在学校里是一个幽默者。

弘一法师之出家

今年旧历九月二十日，是弘一法师满六十岁诞辰。佛学书局因为我是他的老友，嘱写些文字以为纪念，我就把他出家的经过加以追叙。他是三十九岁那年夏间披剃的，到现在已整整做了二十一年的僧侣生涯。我这里所述的，也都是二十一年前的旧事。

说起来也许会教大家不相信，弘一法师的出家可以说和我有关，没有我，也许不至于出家。关于这层，弘一法师自己也承认。有一次，记得是他出家二三年后的事，他要到新城掩关去了，杭州知友们在银洞巷虎跑寺下院替他饯行，有白衣，有僧人。斋后，他在座间指了我向大家道：

"我的出家，大半由于这位夏居士的助缘。此恩永不能忘！"

我听了不禁面红耳赤，惭悚无以自容。因为一，我当时自己尚无信仰，以为出家是不幸的事情，至少是受苦的事情。弘一法师出家以后即修种种苦行，我见了常不忍。二，他因我之助缘而出家修行去了，我却竖不起肩膀，仍浮沉在醉生梦死的凡俗之中。所以深深地感到对于他的责任，很是难过。

我和弘一法师相识，是在杭州浙江两级师范学校任教的时候。这个学校有一个特别的地方，不轻易更换教职员。我前后担任了十三年，他担任了七年。在这七年中，我们晨夕一堂，相处得很好，他比我长六岁。当时我们已是三十左右的人了，少年名士气息忏除将尽，想在教育上做些实际功夫。我担任舍监职务，兼教修身课，时时感觉对于学生感化力不足。他教的是图画音乐二科，这两种科目，在他未来以前是学生所忽视的，自他任教以后就忽然被重视起来，几乎把全校学生的注意力都牵引过去了。课余但闻琴声歌声，假日常见学生出外写生，这原因一半当然是他对于这二科实力充足，一半也由于他的感化力大。只要提起他的名字，全校师生以及工役没有人不起敬的。他的力量全由诚敬中发出，我只好佩服他，不能学他。举一个实例来说，有一次，寄宿舍里有学生失少了财物了，大家猜测是某一个学生偷的，检查起来却没有得到证据。我身为舍监，深觉惭愧苦闷，向他求教。他所指教我的方法说也怕人，教我自杀！说：

"你肯自杀吗？你若出一张布告，说做贼者速来自首。如三日内无自首者，足见舍监诚信未孚，誓一死以殉教育。果能这样，一定可以感动人，一定会有人来自首。——这话须说得诚实，三日后如没有人自首，真非自杀不可。否则便无效力。"

这话在一般人看来是过分之辞，他提出来的时候却是真心的流露，并无虚伪之意。我自愧不能照行，向他笑谢，他当然也不责备我。我们那时颇有些道学气，俨然以教育者自任，一方面又痛感到自己力量的不够。可是所想努力的，还是儒家式的修养，至于宗教方面简直毫不关心的。

有一次，我从一本日本的杂志上见到一篇关于断食的文章，说断食是身心"更新"的修养方法，自古宗教上的伟人，如释迦，如耶稣，都曾断过食。断食能使人除旧换新，改去恶德，生出伟大的精神力量。并且还列举实行的方法及应注意的事项，又介绍了一本专讲断食的参考书。我对于这篇文章很有兴味，便和他谈及，他就好奇地向我要了杂志去看。以后我们也常谈到这事，彼此都有"有机会时最好把断食来试试"的话，可是并没有做过具体的决定，至少在我自己是说过就算了的。约莫经过了一年，他竟独自去实行断食了。这是他出家前一年阳历年假的事。他有家眷在上海，平日每月回上海两次，年假暑假当然都回上海的。阳历年假只十天，放假以后我也就回家去了，总以为他仍照例回到上海了。假满返校，不见到他，过了两个星期他才回来，据说假期中没有回上海，在虎跑寺断食。我问他："为什么不告诉我？"他笑说："你是能说不能行的。并且这事预先教别人知道也不好，旁人大惊小怪起来，容易发生波折。"他的断食共三星期：第一星期逐渐减食至尽，第二星期除水以外完全不食，第三星期起由粥汤逐渐增加至常量。据说经过很顺利，不但并无苦痛，而且身心反觉轻快，有飘飘欲仙之相。他平日是每日早晨写字的，在断食期间仍以写字为常课，三星期所写的字有魏碑，有篆文，有隶书，笔力比平日并不减弱。他说断食时心比平时灵敏，颇有文思，恐出毛病，终于不敢作文。他断食以后食量大增，且能吃整块的肉（平日虽不茹素，不多食肥腻肉类）。自己觉得脱胎换骨过了，用老子"能婴儿乎"之意改名李婴，依然教课，依然替人写字，并没有什么和前不同的情形。据我知道，这时他还只看些宋元人的理学书和道家的书类，佛学尚未谈到。

转瞬阴历年假到了，大家又离校。哪知他不回上海，又到虎跑寺去了。因为他在那里住过三星期，喜其地方清静，所以又到那里去过年。他的皈依三宝，可以说由这时候开始的。据说，他自虎跑寺断食回来，曾去访过马一浮先生，说虎跑寺如何清静，僧人招待如何殷勤。阴历新年，马先生有一个朋友彭先生求马先生介绍一个幽静的寓处，马先生忆起弘一法师前几天曾提起虎跑寺，就把这位彭先生陪送到虎跑寺去住。恰好弘一法师正在那里，经马先生之介绍就认识了这位彭先生。同住了不多几天，到正月初八日，彭先生忽然发心出家了，由虎跑寺当家为他剃度。弘一法师目击当时的一切，大大感动，可是还不就想出家，仅皈依三宝，拜老和尚了悟法师为归依师。演音的名，弘一的号，就是那时取定的。假期满后仍回到学校里来。

从此以后，他茹素了，有念珠了，看佛经了，室中供佛像了。宋元理学书偶然仍看，道家书似已疏远。他对我说明一切经过及未来志愿，说出家有种种难处，以后打算暂以居士资格修行，在虎跑寺寄住，暑假后不再担任教师职务。我当时非常难堪，平素所敬爱的这样的好友将弃我遁入空门去了，不胜寂寞之感。在这七年之中，他想离开杭州一师有三四次之多，有时是因为对于学校当局有不快，有时是因为别处来请他，他几次要走，都是经我苦劝而作罢的。甚至于有一个时期，南京高师苦苦求他任课，他已接受聘书了，因我恳留他，他不忍拂我之意，于是杭州、南京两处跑，一个月中要坐夜车奔波好几次。他的爱我，可谓已超出寻常友谊之外，眼看这样的好友因信仰的变化要离我而去，而且信仰上的事不比寻常名利关系，可以迁就。料想这次恐已无法留得他住，深悔从前不该留他。他若早离开杭州，也许不会遇到这样复杂的因缘的。暑假渐近，我的苦闷也愈加甚。他虽常用佛法好言安慰我，我总熬不住苦闷。有一次，我对他说过这样的一番狂言：

"这样做居士究竟不彻底。索性做了和尚，倒爽快！"

我这话原是愤激之谈，因为心里难过得熬不住了，不觉脱口而出。说出以后，自己也就后悔。他却是仍是笑颜对我，毫不介意。

暑假到了，他把一切书籍字画衣服等等分赠朋友学生及校工们——我所得到的是他历年所写的字，他所有折扇及金表等——自己带到虎跑寺去的只是些布衣及几件日常用品。我送他出校门，他不许再送了，约期后会，黯然而别。暑假后，我就想去看他，忽然我父亲病了，到半个月以后才到虎跑寺去。相见时我吃了一惊，他已剃去短须，头皮光光，着起海青，赫然是个和尚了！他笑说：

"昨天受剃度的。日子很好，恰巧是大势至菩萨生日。"

"不是说暂时做居士，在这里住住修行，不出家的吗？"我问。

"这也是你的意思，你说索性做了和尚……"

我无话可说，心中真是感慨万分。他问过我父亲的病况，留我小坐，说要写一幅字叫我带回去，作他出家的纪念。他回进房去写字，半小时后才出来，写的是楞严大势至念佛圆通章，且加跋语，详记当时因缘，末有"愿他年同生安养共圆种智"的话。临别时我和他作约，尽力护法，吃素一年。他含笑点头，念一句"阿弥陀佛"。

自从他出家以后，我已不敢再谤毁佛法，可是对于佛法见闻不多，对于他的出家，最初总由俗人的见地，感到一种责任：以为如果我不苦留他在杭州，如果我不提出断食的话头，也许不会有虎跑寺马先生彭先生等因缘，他不会出家。如果最后我不因惜别而发狂言，他即使要出家，也许不会那么快速。我一向为这责任之感所苦，尤其在见到他作苦修行或听到他有疾病的时候。近几年以来，我因他的督励，也常亲近佛典，略识因缘之不可思议，知道像他那样的人，是于过去无量数劫种了善根的。他的出家，他的弘法度生，都是夙愿使然，而且都是稀有的福德，正应代他欢喜，代众生欢喜，觉得以前的对他不安，对他负责任，不但是自寻烦恼，而且是一种僭妄了。

弘一大师的遗书

丏尊居士文席朽人已于九月初四日迁化曾赋二偈附录于后

君子之交　　其淡如水　　执象而求　　咫尺千里

问余何适　　廓尔亡言　　华枝春满　　天心月圆

谨达不宜　　亲启

前所记月日系依农历　　又白

十月三十一日星期六上午，依例到开明书店去办事。才坐下，管庶务的余先生笑嘻嘻地交给我一封信，说"弘一法师又有挂号信来了"。师与开明书店向有缘，他给我的信，差不多封封同人公看。遇到有结缘的字寄来，最先得到的也就是开明同人。所以他有信给我，不但我欢喜，大家也欢喜的。

信是相当厚的一封，正信以外还有附件。我抽出一纸来看，读到"朽人已于九月初四日迁化"云云，为之大惊大怪。惊的是噩耗来得突然，本星期一曾接到过他阳历十月一日发的信，告诉我双十节后要闭关著作，不能通信，且附了佛号和去秋九月所摄的照片来，好好的怎么就会"迁化"。怪的是"迁化"的消息怎么会由"迁化"者自己报道。既而我又自己解释，他的圆寂谣言在报上差不多每年有一次的，"海外东坡"在他是寻常之事。这次也许因为要闭关，怕有人再去扰他，所以自报"迁化"的吧。信上"九""初四"三字用红笔写，似乎不是他的亲笔，是另外一个人填上去的。算起来农历九月初四恰是双十节后三日，也许就在这日闭关吧。我捧着一张信纸呆了许久，竟忘了这封信中还有附件。

大概同人见我脸色有异了。有人过来把信封中的附件抽出来看，大叫说"弘一法师圆寂了"。这才提醒了我，急急去看附件。见一张是大开元寺性常法师的信，说弘一老人已于九月初四日下午八时生西，遗书是由他代寄的。还有一张是剪下的泉州当地报纸，其中关于弘一法师的示疾临终经过有详细的长篇记载，连这封遗书也抄登上面。证据摆在眼前，无法再加否认，唉，方外挚友弘一法师真已迁化，这封信是来与我诀别的，真是遗书了，不禁万感交迸，为之泫然。

据报上记载：师于旧历八月廿三日感到不适，连日写字，把人家托写的书件了讫；至廿七日已不进食物。廿八日下午还写遗嘱与妙莲法师，以临命终时的事相托；至九月一日上午还替黄居士写纪念册两种，下午又写"悲欣交集"四字与妙莲法师；直到初二才不再执笔；算起来不写字的日子只有初三初四两天。这封遗书似乎是卧病以前早写好在那里的，笔势挺拔，偈语隽美，印章打得位置适当，一切绝不像病中所能做到。前一封信是阳历十月一日发来的，和阴历对照起来，那日是八月廿二，恰好是他感到不适的前一天。信中所说，如"将于双十节后闭关""以后于尊处亦未能通信"，且特地把一张照片寄赠，谆谆嘱嗣后和诸善知识亲近，从现在看来，已俨然对我作了暗示了。预知时至，这两封信都可作为铁证，不过后一封是取着遗书的形式罢了。

师的要在逝世时写遗书给我，是十多年前早有成约的。当白马湖山房落成之初，他独自住在其中，一切由我招呼。有一天我和他戏谈，问他说"万一你有不讳，临终咧，入龛咧，荼毗咧，我是全外行，怎么办？"他笑说："我已写好了一封遗书在这里，到必要时会交给你。如果你在别地，我会嘱你家里发电报叫你回来。你看了遗书，一切照办就是了。"后来他离开白马湖云游四方，那封早已写好的遗书一定会带在身边，不知今犹在否。猜想起来，其内容当与这次妙莲法师所得到的差不多吧。同是遗书，我未曾得到那封，却得到了这样的一封，足见万事全是个缘。

这封信不但在我个人是一个珍贵的纪念品，在佛教史上也是非常重要的文献，值得郑重保存的。

本文方写好，友人某君以三十年二月澳门觉音社所出《弘一法师六十纪念专刊》见示，在李芳远先生所作送别晚晴老人一文中，有这样一段："去秋赠余偈云，'问余何适，廓尔亡言，华枝春满，天心月圆'，下署晚晴老人遗偈。"如此则遗书中第二偈是师早已撰就，预备用以作谢世之辞的了。又记。

怀晚晴老人

壁间挂着一张和尚的照片，这是弘一法师。

自从"八一三"前夕，全家六七口从上海华界迁避租界以来，老是挤居在一间客堂里，除了随身带出的一点衣被以外，什么都没有，家具尚是向朋友家借凑来的，装饰品当然谈不到，真可谓家徒四壁，挂这张照片也还是过了好几个月以后的事。

弘一法师的照片我曾有好几张，迁避时都未曾带出。现在挂着的一张，是他去年从青岛回厦门，路过上海时请他重拍的。

他去年春间从厦门往青岛湛山寺讲律，原约中秋后返厦门。"八一三"以后不多久，我接到他的信，说要回上海来再到厦门去。那时上海正是炮火喧天，炸弹如雨，青岛还很平静。我劝他暂住青岛，并报告他我个人损失和困顿的情形。他来信似乎非回厦门不可，叫我不必替他过虑。且安慰我说："湛山寺居僧近百人，每月食物至少需三百元。现在住持者不生忧虑，因依佛法自有灵感，不致绝粮也。"

在大场陷落的前几天，他果然到上海来了。从新北门某寓馆打电话到开明书店找我。我不在店，雪邨先生代我先去看他。据说，他向章先生详问我的一切，逃难的情形，儿女的情形，事业和财产的情形，什么都问到。章先生逐项报告他，他听到一项就念一句佛。我赶去看他已在夜间，他却没有详细问什么。几年不见，彼此都觉得老了。他见我有愁苦的神情，笑对我说道：

"世间一切，本来都是假的，不可认真。前回我不是替你写过一幅金刚经的四句偈了吗？'一切有为法，如梦幻泡影，如露亦如电，应作如是观。'你现在正可觉悟这真理了。"

他说三天后有船开厦门，在上海可住两日。第二天又去看他。那旅馆是一面靠近民国路一面靠近外滩的，日本飞机正狂炸浦东和南市一带，在房间里坐着，每几分钟就要受震惊一次。我有些挡不住，他却镇静如常，只微动着嘴唇。这一定又在念佛了。和几位朋友拉他同到觉林蔬食处午餐，以后要求他到附近照相馆留一摄影——就是这张相片。

他回到厦门以后，依旧忙于讲经说法。厦门失陷时，我们很记念他，后来知道他已早到了漳州了。来信说："近来在漳州城区弘扬佛法，十分顺利。当此国难之时，人多发心归信佛法也。"今年夏间，我丢了一个孙儿，他知道了，写信来劝我念佛。秋间，老友经子渊先生病笃了，他也写信来叫我转交，劝他念佛。因为战时邮件缓慢，这信到时，子渊先生已逝去，不及见了。

厦门陷落后，丰子恺君从桂林来信，说想迎接他到桂林去。我当时就猜测他不会答应的。果然，子恺前几天来信说，他不愿到桂林去。据子恺来信，他复子恺的信说："朽人年来老态日增，不久即往生极乐。故于今春在泉州及惠安尽力弘法，近在漳州亦尔。犹如夕阳，殷红绚彩，随即西沉。吾生亦尔，世寿将尽，聊作最后之纪念耳。……缘是不克他往，谨谢厚谊。"这几句话非常积极雄壮，毫没有感伤气。

他自题白马湖的庵居叫"晚晴山房"，有时也自称晚晴老人。据他和我说，他从儿时就欢喜唐人"人间爱晚晴"（李义山句）的诗句，所以有此称号。

"犹如夕阳，殷红绚彩，随即西沉"这几句话，恰好就是晚晴二字的注脚，可以道出他的心事的。

他今年五十九岁，再过几天就六十岁了。去年在上海离别时，曾对我说："后年我六十岁，如果有缘，当重来江浙，顺便到白马湖晚晴山房去小住一回，且看吧。"他的话原是毫不执着的。凡事随缘，要看"缘"的有无，但我总希望有这个"缘"。

教育杂谈

"无　奈"

在现制度之下，教师生活真不是一件有趣味的事。同业某友近撰了一副联句，叫作：

命苦不如趁早死　家贫无奈作先生

愤激滑稽，令人同感。我所特别感得兴味的是"无奈"二字，"无奈"是除此以外无别法的意思，这可有客观的主观的两样说法。造物要使我们死，我们无法逃避死神的降临，这是主观的"无奈"。惯吃黄酒的人遇到没有黄酒的时候只好用白酒解瘾，这是客观的"无奈"；本来就喜欢吃白酒的人，非白酒不吃，只能吃白酒，这是主观的"无奈"。

基督的上十字架出于"无奈"，释迦的弃国出家也出于"无奈"，耐丁格尔"无奈"去亲往战场救护伤兵。啊！"无奈"——"主观的无奈"的伟大啊！

"家贫"是"无奈"，"做先生"是"无奈"，都不足悲哀，所苦的只是这"无奈"的性质是客观的而不是主观的。我们的烦闷不自由在此，我们的藐小无价值也在此。

横竖"无奈"了，与其畏缩烦闷地过日，何妨堂堂正正地奋斗。用了"死罪犯人打仗"的态度，在绝望之中杀出一条希望的血路来！"烦恼即菩提"，把"无奈"从客观的改为主观的。所差只是心机一转而已。这是我近来的感怀，质之某友以为何如？

彻　　底

物质主义与精神主义是绝对不能两立的两种主义，其实两者之中只要彻底一种，就能通彻到另一种。所苦者只是模棱两可，两方都不彻底。

中国社会上的人事大都犯了这两方都不彻底的毛病。亲友之中，甲有事劳乙出力，在理当然甲应赠乙以报酬。但甲不敢赤裸裸赠送金钱，即送了，乙也不肯老老实实地收受，好像是取精神主义的。其实，乙不能无物质的计较，甲也不敢坦然忘怀，结果甲假托了别的名义，打算又打算，酌量数额改了面目送物品与乙，乙也受之无愧。这就是所谓彼此心照的办法。普通庆吊，即使馈送金钱，也必用封套把金钱装潢，上加什么"菲仪"的避雷针（有了这就可不论数目之多少）的签条。甲这样去，将来乙也这样来，彼此把金钱数目牢牢地记在仪簿，一查便知，丝毫也不会有多少。真是精神物质兼顾，寓精神于物质之中的好方法。可是人趣却因而全失了。

最令人不快的是教育界的情形，也与这同一鼻孔出气。近来学店式的学校到处林立，有人以为学校渐趋商业化了，深为叹惋。我以为学校不患其商业化，只患其商业化的不彻底。学生出学费向学校买求知识，学校果真有价值相当的知识作商品卖给学生，学生对于学校至少可没有恶感。并且像老顾主和相识的店铺有感情一样，学生爱校之情自必油然而生了。这就是由物质主义彻底而达到精神主义。反之，把精神主义彻底亦可达到物质主义。因为学校如果真有教好学生的热诚，一切自然认真，学生以及社会也自然能以物质的扶助学校，白吃不会钞，断不是人情。

再就教师说，现在的教师原已成了一种普通职业，不像以前有和"天地君亲"并列的神圣的威严了。但真能有和报酬相当或以上的热心与智力提供于学校或学生的教师，必仍能得学校的信任，受学生的敬爱，否则一味假借师道之尊，想以地位自豪，总是羊质虎皮，学校方面且不论（因为教师有时就代表学校），在学生眼里是不堪的。

假教化之名，行商业之实，借师道之尊，掩自身之短，这和金钱封套上的"菲仪"签条一样，同是个避雷针。学生对学校或教师的风潮无不发端于此。

向精神主义走固好，向物质主义走也好，彻底走去，无论向哪条路都可以到得彼岸。否则总是个进退维谷的局面。

《中学生》发刊辞

中等教育为高等教育的预备，同时又为初等教育的延长，本身原已够复杂了。自学制改革以后，中学含义更广，于是遂愈增加复杂性。

合数十万年龄悬殊趋向各异的男女青年于含混的"中学生"一名词之下，而除学校本身以外，未闻有人从旁关心于其近况与前途，一任其彷徨于分叉的歧路，饥渴于寥廓的荒原，这不可谓非国内的一件怪事和憾事了。

我们是有感于此而奋起的。愿借本志对全国数十万的中学生诸君，有所贡献。本志的使命是：替中学生诸君补校课的不足；供给多方的趣味与知识；指导前途；解答疑问；且作便利的发表机关。

啼声新试，头角何如？今当诞生之辰，敢望大家乐于养护，给以祝福！

"你须知道你自己"

我向有个先写稿后加题目的习惯，此稿成后，想不出好题目，于是就僭越地借用了这句希腊哲人的标语。

中学生诸君，新年恭喜！

说到新年，不禁记起一件故事来了。从前日本有一个很有名的和尚，故意于新年元旦提了骷髅到人家门口去，叫大家煞风景。日本向有元旦在门口筑了土堆插松枝的风俗，叫作"门松"。和尚有一句咏门松的诗道："门松是冥土之旅的一里冢。"一里冢者，日本古代每一里作一土堆如冢，上插木标，以标记里程的。和尚的诗，意思就是说一个人过了一年就离冥土愈近了。

咿呀！新年新岁，理应说利市，讲好话，为什么要提起这样的话来扫大家的兴呢？但是照例地说利市，讲好话，也觉得没有意思。新年相见的套语，如"恭喜"之类，其中并不笼有真实的深意，说"恭喜恭喜"，并不就会有喜可恭的。

我们无论做哪一件事，都要预想到着末的一步，才会认真，才会不苟。做买卖的人所要顾虑的不是赚钱，乃是蚀本。赌博的人所须留意的不是赢了怎样，乃是输了如何。日本的那位和尚在元旦叫人看骷髅，要大家觉悟到死的一大事实，其事虽煞风景，但实也可谓是一种最慈悲的当头棒喝。我根据了这理由，想在这一九三〇年的新年，当作贺年的礼物，对诸君说几句看似不快而却是真实的话。

依学龄计算，诸君都是十三岁以上二十岁以下的志气旺盛的青年。诸君对于前途，所怀抱的希望不消说是很多的吧。恋爱咧，名誉咧，革命咧，救国咧，诸如此类离本题太远的希望，暂且不提。即仅就了求学而论，诸君的希望应也就不小，由初中而高中，由高中而大学，由大学而出洋，由出洋而成博士等，似都应列入诸君的好梦之中的。可是抱歉得很，我在这里想对诸君谈说的，却不是怎样由初中入高中、入大学、出洋等的好事，乃是关于不吉方向的事。就是：不能出洋怎样？不能入大学怎样？不能升高中怎样？或甚至于并初中而不能毕业怎样？

就大体说，教育的等级是和财产的等级一致的。财产有富者、中产者与贫困者三个等差，教育也有高等、中等、初等的三个阶段。在别国，这阶段很是露骨，尽有于最初就把贫富分离的学校制度。凡有资力可令子弟受中等以上的教育者，就可不令子弟进普通的国民小学。我国在学校制度上表面虽似平等，其实这财产上的阶段仍很明显地在教育的等差上反映着。不消说，小学校学生之中原有每日用汽车接送的富家儿与衣服楚楚的中产者的子弟的，但全体统计，究以着破鞋拖鼻涕的贫家小孩为多。到了中学，贫困者就无资格入门，因为做中学生每年至少须花两百元的学费，不是中产以下的家庭所能负担。做中学生的不是富家儿，即是中产者的子弟。至于入大学，费用更巨，年须三四百元以上，故做大学生的大概是富家儿，即使偶有中产者的子弟蛰居其间，不是少数的工读生，即是少数的叫父母流泪典质了田地不惜为求学而破家的好学的别致朋友罢了。这样，教育的阶段宛如几面筛子，依了财产的筛孔，把青年大略筛成三等。纵有漏网混杂别等里去的，那真是偶然的侥幸的机会。

诸君是中学生，贫困者已于小学毕业时被第一道筛子从诸君的队里筛出了。诸君之中混杂着富者与中产者的子弟，但富者究竟不多，诸君的十分之九以上可说都由中产家庭出来的吧。像诸君样的人，普通叫作中产阶级。中产阶级不致如贫困者的有冻馁之忧，也不致像富者的流于荒佚，在社会全体看来，实是最健全最有用的分子。诸君出自中产家庭，就是未来的社会中坚，诸君的境遇较之贫困者与富者，原不可不说是很幸福的。但是，可惜，这中产阶级的本身已在崩溃中了。

中产阶级的崩溃原是世界的现象，不但中国的如此。其原因不得不归诸世界产业革命与资本主义的跋扈。中国中产阶级的崩溃也不自今日始，而以近数年来为尤速。中国原无什么大资本家，也无什么大产业，中国人所受的完全是身不由主的全世界的影响。中国产业落后于人者不知凡几，而生活程度却由外人替我们代为提高，已与别国差不多了。这情形，诸君不必回去问那六七十岁的老祖父，但把诸君幼时所记得的物价与生活费用和目前的一相比较，就已可知其差数之不小了。加以连年的兵祸、匪灾、饥馑、失业，把乡村的元气耗损几尽，随此而起的工价暴腾与农民的不得已的减租，更给了中产阶级以一道快速的催命符。

不信，但看事实！诸君的村里中富起来的人家多呢还是穷下去的人家多？诸君自己的家况，只要没有什么着香槟票头彩之类的事，还是一年好一年呢还是一年不如一年？诸君求学的用费，今年比之去年如何？诸君向父母请求学费时，父母是否比去年多摇头多叹息？再试每日留心报纸，是不是每日有因失业或困迫而自杀的？他们的大多数，是不是青年？

中国的中产阶级已在崩溃的途上，当世流行的一切青年的烦闷与中流家庭间的不宁，实都就是中产阶级在崩溃途上的苦闷的挣扎与呻吟。诸君是中产阶级，中产阶级的崩溃就是诸君的崩溃。诸君之中有的已深深地痛感到没落的不安，正在挣扎与呻吟之中，有的或尚才踏入第一步，只茫然地感到前途渐就黑暗的预觉，程度虽有不同，要之都已是在没落崩溃的途上的人们了。在这变动的期内，诸君的家庭尚能挣扎着令诸君入中学为中学生，不可谓非诸君之幸。不瞒诸君说，在下也是中产阶级出身，而且是一个做过二十年的中等学校教师的人。产是早已没有了，依了自己的劳动，现在总算还着起长衫，在社会上支撑着中流人物的地位，可是对于儿女，却无力令其尽受完全的中等教育。一个是高小毕业就去做商店学徒了，一个是初中未毕业，即令其从事养蜂与园艺了，还有一个现在虽尚在中学校，但能否有力保其毕业或升学，自己也毫无把握。做了二十年中学教师却无力使自己的儿女受中等教育，每想到"裁缝衣破无人补，木匠家里没凳坐"的俗语，自己也不禁要苦笑起来。

话不觉走入岔路去了，一笔表过，言归正传。

世间最难动摇的是事实，事实是不能用了什么理论或方法来把它变更的。中产阶级的崩溃没落既是事实，我们虽然自己不情愿，也就无法否认。所谓崩溃或没落，原是就了全生活说的，若限在受教育的方面说，意思就是：诸君现在虽在中学为中学生，前途难免要碰到种种的障碍。不能入大学，不能入高中，或并初中亦不能毕业，也都是很寻常的可能的遭遇，并非什么意外的大不幸。诸君啊，先请把这话牢记在心里。

诸君读了我这番煞风景的议论，也许会突然感到幻灭，要发生绝望的不安了吧。如果如此，那不是我说话不得其法，就是诸君太天真烂漫太未经世故的缘故。我所说的自以为是一种真实，并没有一句是欺骗或恐吓诸君的话。并且，我对诸君说这一番话，目的原不欲漫然把暗云投入诸君的快活的心胸里，在诸君火热的头上浇冷水；乃是想叫诸君张开了眼，认识眼前的事实，更由这认识发出勇敢的新的努力，去适应目前或将来的环境，能在大时代中游泳而不为大时代的怒涛所淹没。

那么怎样好呢？反正能否毕业能否升学都靠不住，就退学吗？或者赶快去别觅可以吃饭的职业吗？诸君的父母家庭，有的为了贪近利，有的为了真是负担不住了，也许早已盼望诸君如此了吧。家庭环境各个不同，原不好一概而论。若就大体说，诸君还是未成年者，在成年以前，最好能受教育，把青年生活好好地正则地度过去。诸君能在中学为中学生是应感谢的幸福，不是可诅咒的恶事。有书可读且读，但读书的态度却须大大地更改。

第一所希望于诸君者，就是要快把从来的"士"的封建观念先行铲除。中国古来封建时代称读书人为"士"，这士的制度已在几千年以前消灭了，而士的虚名仍历代相沿，直至现在，虚名原已不存了，而士的观念仍盘根错节地潜伏在一般人的心中。诸君的父母令诸君入学的动机，诸君自己求学的态度，乃至学校对于诸君的一切教育方法和设施等，老实说，有许多地方都还是脱不尽这封建思想的腐气的。一般人误信以为在学校毕业了就可得到一种资格，就可靠文凭吃饭，这种迷信，的的确确是因袭的封建的恶根性。中国近十余年来的变乱，原因当然很复杂，但如果全国没有整千整万的毫无实学实力只手捏文凭的冒充的士，来替人摇旗呐喊，来替人造作是非，局面绝不至糟到如此。我常以为中国最首要的事情是裁士，而裁兵次之。要化士为工，化士为商，化士为农，化士为兵，除了少数有天分的专事学问的学者外，无一人挂读书人的空招牌，而又无一人不读过书，无一人不随时自己读着书，中国的前途才有希望。

第二所希望于诸君的是养成实力。诸君如果真能把从来以读书为荣的封建观念打破了，就能发现求学的新目标——就是觉悟到为养成实力而求学了。说到现在的学校教育，可指摘的处所实在很多，学校本体，除了到期给诸君以文凭外，能否给诸君以智德体三方面的真实能力，原属一个大大的疑问。如果有人说我这话太轻视了现在的学校与教育者，那么让我来自己招供吧。前面曾说，我是曾做过二十年的中学教师的，自问也不曾撒过滥污，但不敢自信曾有任何实力给予学生过。学校教育的靠不住，原因很多，这里无暇絮说。但无论如何，学校究是为青年而特设的教育机关，从来学校教育的所以力量薄弱，也许由于学生的求学态度的不正。诸君果已自己觉醒，对于学业及生活不再徒讲门面，要求实际，把一切都回向于实力的养成上去，则我可以保证诸君能相当地收得实力的。

了解了以读书为荣的错误，知道了实力的重要，在环境许可的期间，利用诸君的青春去作将来应付新时代的预备。有能力升学出洋固好，即不能升学或毕业，也比较容易以所养成的能力找得相当的职业。中产阶级只管没落，自己能在新兴继起的阶级中做一个立得住站得稳的人，不做新时代的落伍者；这是我所希望于诸君的总归宿。

《圣经》里的先知们，有的警告人说：末日快到了；有的警告人说：

天国近了，叫人预备。"山雨欲来风满楼"，中产阶级已岌岌可危了，今后到来的世界从社会全体看来，是天国或是末日，学者之间因了各人的见解，原不一其说。但无论是好是坏，要来的终究要来，所以我们也不得不先有所预备。预备的第一步，就是对于自己所处的地位与时代的觉醒。

中学生诸君啊，记着：我们的地位是中产阶级而时代是一九三〇年！

新年之始，老乌鸦似的向诸君唠唠叨叨了这一大串煞风景的话，抱歉之至！最后当作道歉，让我再来真诚地向诸君祝福吧：

中学生诸君，新年恭喜！

悼一个自杀的中学生

近有一个朋友从八月五日的北平《民言报》上剪了这条记事给我们，问我们对于这严重的事实有什么意见可说的没有？

　　昨日下午五时余，阜成门外窎桥护城河内突然发现男尸一具漂浮于水面。比经该管西郊警察署闻讯，即派夫役打捞上岸，检视该男尸身穿灰黄色茧西服，黑皮鞋，平顶草帽，年二十余岁。复由其身上搜出名片多张，上印石惠福，住清华园蓝旗营房村一百三十二号等字样。该警署以石惠福必系死者之名，遂即派警传唤其家属。迨至翌日清晨，地方法院派检察官聂秉哲，书记官黄鹤章，检验吏张庚堃率领司法巡警前来相验时，突有一年老人偕一少妇，手持书信一封，哭泣而来，当即向死者抚尸痛哭。经检察官讯问，其名唤石印秀，年六十二岁，此同来少妇系伊儿媳，死者系伊长子。彼昨日声言赴外四区署投考巡警，乃不期彼投河自杀，本日接其邮寄来函，竟系绝命书一封。伊全家正在惊愕之际，适巡警传唤，始知其在该处投河自尽等语，并持书信呈验，复又抚尸痛哭不已。比经检验吏相验毕，遂准其尸亲备棺装殓抬埋。惟已死者之绝命书中，述其系一中学毕业生，因谋事未遂，其父令伊投考巡警，彼乃愤而自杀，情词极为凄惨。兹觅得录志于左："亲爱仁慈的老父：中学毕了业，上大学念不起书，找一个小事做，挣钱养家，这些话不是你老人家说的吗，现在怎么样呢？虽然毕了业，没有好亲戚援引，阔同乡帮助，就是一名书记也找不到。念书为的做事，挣钱养家，现在不能挣钱，不能养家，这岂不愧死人吗？当巡警也是职业之一，看哪，北平人穷了不是拉洋车，就是当巡警。但是我决不愿意去考巡警。违背父命是不孝，不孝之人，应当排除社会之外，所以我自杀以赎不孝之罪。这封信到了我们家中时候，我已在那碧波荡漾中麻醉了。儿福绝笔。"

在大众没有出路的现今，自杀已成为普通的出路了，全国不知道，上海每日报纸上差不多没有一日无人自杀，而且大概都是青年。社会人士每读了悲惨的遗书和可以令人酸鼻的记事，不曾表示什么，除了没有眼泪的法官写几个"验得某人委系自杀身死遗尸着家属具领棺殓"大字以外，并不闻政府有什么意见。

自来普通青年的自杀，其原因或由于失恋，或由于思想上的烦闷，或由于放逸的结果。自杀尚是可悲的事，他们的自杀在旁人看来，常觉其中多少夹杂着享乐和好奇的分子，因之感动也常不能强烈。石惠福君是因中学毕业无职可就而自杀的，是一个严重的中学生出路问题。石君已矣！继石君而自杀的不但难保没有，而且恐怕一定要有。我们对于这深刻的中学生的苦闷现象将怎样正视啊！

关于中学生的出路，本志曾悬赏征文，在第六号发表过许多答案了。其实，中学生的出路成为问题，是我国特有的现象。现今全世界差不多没有一国不碰到失业的致命的灾难，然其所谓失业者，都是曾经有业过的工人商人，或是大学专门学校的新毕业生，至少也是中等职业学校出身的人。他们都已具有职业的素养而竟无出路，故称为失业。至于无力升学的普通的中学毕业生，虽无职业，亦并不列在失业者之内的。普通中学教育所授的只是一种生活能力的坯材，不是某种生活方面的特殊定形的技能。普通中学的毕业生只是一个身心能力较已发达了的人，并不是有素养的工人商人或其他的职业者。他们能升学的须由此再进求职业的知识，无力升学的也当就性之所近，力所能及，觅得一种事做，从事于实际的职业的陶冶。用比喻来说，既成的职业者和职业方向已决定了的专门大学的毕业生是器物，而中学毕业生尚是造器物的原料，器物因有一定的用途，销路有好有坏，至于原料，用途不如器物的有一定限制，销路应较器物自由。故就一般情形而论，中学生的出路问题，照理不如一般失业问题的紧迫。如果中学生的出路要成问题，那么高小毕业生的出路也要成问题，甚而至于初小毕业生的出路也都要成问题。那就成为全体国民的出路问题，不是中学生的出路问题了。

说虽如此，却不能适用于中国。中国的中学生确有出路问题，而且问题的严重性不下于一般的失业问题。石惠福君的自杀就是证明。石惠福君的自杀人已知道，此外不知道的恐怕还有，将来也许陆续会有这种不幸发生。至于一时虽不自杀，而用了潦倒颓废的手段慢性地在那里自杀的青年，其数更不堪设想哩。

中学生的出路何以在中国成为问题，而且如此严重，其原因当然很多。世界的、国际的及社会的、政治的原因，现在不提，且就中学教育及学生本身加以考察。

先就中学教育说。

中国的教育制度是模仿别国的，可是模仿来的只是一个形式，内容却仍是"之乎者也"（现在改作"的了吗呢"）式的科举式的老斯文。在中国求学叫作读书，不论其学艺术、学医药、学工业，甚至于学体操，都叫作读书。普通的中学无工场、无农场，即使有了农场与工场，也不劳动，只是当作一种教师时间的切卖所而已。除了几张挂图几架简单的理化仪器以外，彻头彻尾是书本（而且只是教科书）的教育。先生拿了书上堂下堂，学生拿了书上班退班。腰间系一条麻绳与小刀，带起有边的帽子，提着木棍，就是童子军；挂幅中山像，每周月曜向他鞠三个躬，静默三分钟，就是党化教育；各处通路钉几块"大同路""平等路""三民路"的牌子，就是公民教育。十月十日白相一天，每次下课休息十分钟，先生口口声声"诸位同学"，校工口口声声"少爷小姐"，三年毕业，文凭一张，如要升入高中，再这样地来三年。这是普通中学教育的实况。中学校的墙壁上或廊柱上虽明明用了隶书或是魏碑写着"打破封建制度"的标语，其实中学校本身就是封建制度的化身，而且还是封建思想的养成所。试问这成千成万的"诸位同学"和"少爷小姐"走出校门，除了有老米饭可吃，或是有钱升学的，叫他们到哪里去呢？当然是问题了。

以上是就中等教育的精神说的。让我们再就了中学校的制度来看：中国在中学制度上曾行过双轨制，一方有纯粹的中学校，一方别有甲种实业学校。自学制改革以后，取消双轨制，于纯粹的中学校中附带各种职业科。可是改革以来，高中于文理二科以外，除了设备不必大花钱的师范科商科等外，不闻附有别种门类的职业科。今则且并正统的文理二科亦许不设，得改为混沌的普通科了。至于初中的职业预施，更无所闻。

学校原该使各阶段可以独立。中国的学制从系统图上看去，似乎也可以言之成理，划分自由。可是这张系统表却是一张不能兑现的支票，实际是高小为初中的预备，初中为高中的预备，高中为大学的预备（大学呢，又是出洋的预备）而已。下级各为上级的预备，在下级终止的就做了牺牲，这牺牲以中学一段为最残酷。因为就时期说，中学时代是青年期与成年期的交点，一遭蹉跎，有关于其终身。就经济状况说，中学生兼有富者、小康者与微寒者三种等级，富者且不提，小康者与微寒者是大都无力升学与出洋的。不及成器，半途而废，结果也是毕生受害。

就实际情形看来，中国的中学校本身已在暴露着空虚与破绽，已在自己种毒的途上了。它一壁无目的地养成了许多封建式的"诸位同学"与"少爷小姐"，一壁除了升学以外不预计及他们的去路。这种教育真值得诅咒。老实说吧，中学校自己已在那里自杀了，中学校毕业生石君的自杀，可以认作中学校自杀的朕兆。

再说学生。

从理论上说来，学生思想行为的如何，能力的优劣，大半该由教育者或学校负责的。这话的确度在实际上也许要打折扣，尤其不能适用于中国。中国的教育界内容既空虚，而且变动极多。我所居的附近有一个中学校，成立不过七八年，在我所知道的中学校中比较要算变动很少的，可是也每年总有大部分的教职员更动。那里一路植有杨柳，我于学期之末，眼见交往初熟的人带着行李走了，总要黯然地记起"年去岁来，应折柔条过千尺"的词句来，同时感到现今教育界的不安定。觉得在这样传舍似的教育界，即使有热心肯对学生负责的教育者，责任也无从负起。一个学生从入学起至毕业止，难得有始终戴一个人为校长，一门功课由一个教师授完的。据一个从济南来的朋友说，山东于最近半个月内更换了三个教育厅长，真是"五日京兆"了。我想教育厅长如此，那么校长与教员的变动的剧烈，恐怕要如洗牌时的麻雀牌了吧。

话不觉说得太絮烦了，但我的意思只在借此一端说明中国教育界的不能负教育的责任而已。除了不安定以外，中国的教育界缺点当然还多，这里不备举。在这种不能负责任的教育的环境之下，学生自身如不自己觉醒，真是危险之至。自己教育在教育上原是很重要的事，而在中国的学生更加重要。

第一要紧的是时代与地位的自觉。关于此，我在本志的创刊号曾一度论及。现在学校的环境里，很有许多可以贻害青年的东西，足使青年堕入五里雾中，受其迷醉。现在的学校差不多谈不到身心的锻炼，全体充满着虚伪的空气：明明是初步的学习，却彼此号称"研究"；明明是胡闹，却称曰"浪漫"；饭厅有风潮了，总是厨"役"不好；工人名曰："校役"；什么"诸君是将来的中坚分子"咧，"努力革命事业"咧，"读书可以救国"咧，诸如此类的迷药，尽力地向青年灌注。试问，青年住在这幻想的蜃楼里，一旦走出校门，其幻灭将怎样啊。石惠福君的宁自杀不当巡警，实是千该万该。因为巡警不是"中坚分子"，做巡警不好算"革命事业"，也不好算"救国"的。

中学生在中学校里"研究"了三年或六年，大家都想做所谓"中坚分子"，都想做所谓"革命事业"，都要尽所谓"救国"的天职，于是本已困难万分的中学生的出路更增加其困难性，除了有"好亲戚援引，阔同乡帮助"的幸运儿以外，恐怕只有石惠福君所走的死路一条了。

因为石惠福君的遗书里有关于他父亲的话，我顺便也在这里向做父母的人说几句话。

使子女受教育原是父母的责任。可是现今理想社会还未实现，财产私有制度尚未废除，什么都要钱，教育费为数又大。当你未送子女入中学校以前，你须得摸摸你的荷包看，万一你觉得财力不够使你的子女于中学毕业后更升学，你就须把送子女入中学的事加以踌躇考虑。为你计，为你的子女计，与其虚荣地强思使门楣生色，也许还是不入中学，或不升高中，以高小或初中毕业的资格直接去谋相当的职业为是。

培植子女，在普通的家庭看来是一种商业的投资。"念书为的做事，挣钱养家"，这不单是石惠福君父亲的话，恐怕是一般父母的话吧。这种素朴的投机的心理虽可鄙薄，也大足同情。但现在已不是"万般皆下品，唯有读书高"的时代了，教育的投机事业未必稳定。纵使有大大的本钱，把子女变成了学士或博士，也未必一定能挣钱养家。至于本钱微小的，一不留心，反足使子女半途而废，其害自更甚了。卢梭以为富人之子应受教育，至于穷人之子不必受教育，可由环境去收得教育。故他在《爱弥尔》里所处理的理想的孩子就是一个富者之子。这原是一种偏激之说，但在现代经济制度之下，特别的在现在中国的教育情形之下，是值得一顾的话。中学生毕业后无力升学，穷于出路，这也许大半是父母当时茫茫然使子女入中学之故，做父母的应同负责任。中国的中学校的各阶段不能独立，名为可附带各种职业科，而其实只是空言。在这状态未改正以前，我敢奉劝中流以下的家庭父母勿轻率地送子女入中学校。

以上是我因闻石惠福君之自杀而感到的种种。我和石君未曾相识，不知其家庭如何，境况如何，精神上有无疾病，曾从哪一个中学校毕业，是初中抑是高中，只是凭了友人所寄来新闻记载，当作一个抽象的中学生问题加以考察而已。话虽已说得不少，在读者眼中也许只是照例的旁观论调，等于我在开端所说的"验得某人委系自杀身死……"的法官口吻，亦未可知。但我自信并不如此。

还有，我所说的只是消极的指摘，别无积极的改进方案。这也许会使读者不满。积极的改进方案原该想的，可是我非其人。教育部，各省教育厅，都设有管领中等教育的官吏，想来都在考案着，请读者拭目以待吧。

怎样对付教训

暑假已完，新学年就此开始，诸君将出家门，即有亲爱的父母向诸君作种种叮嘱，"保重身体"咧，"爱惜金钱"咧，"勿管闲事"咧，"努力用功"咧，……这么一大套。才进校门，在开学式中又有校长训话、教师训话、来宾训话，又是"革命勿忘读书，读书勿忘革命"咧，"打倒帝国主义"咧，"以学救国"咧，"陶冶品性"咧，"锻炼身体"咧，"谨守校规"咧……那么一大套。

不管诸君要听不要听，总之现在是诸君整段地要受教训的时期，各种各样的教训由父母师长各方面袭来，要求诸君承受遵守。诸君如果把这种教训左耳朵进右耳朵出，随听随忘，那也就罢了，倘若想切实奉行，就有许多问题可以发生。我原不敢说诸君之中没有马马虎虎把父母师长的教训视如马耳东风的人，却信这种人极其少数，大多数的中学生诸君都是诚笃要好的青年，对于父母师长的教训，只要力所能及，都想服膺实行的。对于这等好青年，我敢来贡献些关于教训的意见。

第一须辨别教训的真伪。

教训会有伪的吗？尽有尽有！有一篇短篇小说（忘其作者与篇名）中，写着下面这样的故事：

　　甲乙两个工场主同时在其工场中提倡节俭；A是甲工场的工

人，B是乙工场的工人。

A听了甲工场主的节俭谈，很是信服，切实奉行。最初戒除烟酒，妻病了也不给她多方治疗，结果成了鳏夫。为节俭计，不但不续娶，且把住房也退掉，独自住在小客栈里。后来觉得日食三餐太浪费，乃改为二餐，最后且减到一餐。

物价虽日趋腾贵，他却仍能应付，而且还能把收入的一部分去储蓄在工场里。也曾屡次以物价腾贵的理由去向主人要求加薪，主人总不答允。主人的理由是：他费用有限，现有工资已尽够他的生活。

有一天，他去访在乙工场做工的B，一则想看看B的生活方法，二则想对B夸说夸说自己的节俭之德。

B的样儿使他吃了一惊。B在数年前是个比他不如的穷光蛋，现在居然已有妻与子，且住着不坏的房子了。他问B何以能如此，B的回答是：

"我因为没有钱，才入工场做工。主人教我节俭，但是你想，穷光蛋一个大都没有，从何节俭起啊！后来物价逐渐腾贵，我和大家向主人要求加薪，乘机就娶了妻，妻不久就生了子。一人的所得不足养活三口，于是又只好强求主人再加薪水。有了妻子，不能再住客栈或寄宿舍，才于最近自己租了这所房子。可是生活费又感到不足了，尚拟向主人再请求加薪呢。"

B虽这样诉说着生活的艰辛，可是脸色却比他有血色得多。B的妻抱其肥胖的小孩，时时举目来向他的黄瘦的脸看。他见了B

一家的光景，不禁回想起妻未死时的情形来。

　　诸君读了上面所记的小说梗概，做何感想？就一般说，节俭原是一种美德，节俭的教训原是应该倾听的。可是上述梗概中的甲工场主所提倡的节俭，却是一种掠夺的策略，他们所提出的节俭的教训，完全是欺骗的虚伪的东西。诸君目前尚不是工人，不消说这样的欺骗的教训暂时是不会临到头上来的，但如果诸君的校长或教师不替诸君本身着想，专以保持自己的地位饭碗为目的，或专为办事省麻烦起见，向诸君咣咣地提倡服从之德，教诸君谨守他们的所谓校规，则如何？合理的校规原是应守的，但校规的所以应守，理由应在有益于学生自己和学校全体，不应专为校长或教师的私人便利，去做愚蠢的奴隶。前学期的校长姓王，教师是甲乙丙丁，这学期的校长姓张，教师是 ABCD，在现今把学校视作传舍的教育情形之下，做校长或教师的未必对于学生都能互相诚信，"谨守校规"的教训也自然不大容易有效。但我敢奉劝诸君，合理的校规是应守的，只是要为自己和全体而守，不为校长或教师私人的便利而守。当校长或教师发出"谨守校规"的教训的时候，须认清其动机的公私。为了校长及少数教师想出风头，把学生做了牺牲，无谓地奖励不合理的运动竞技或跳舞演剧的把戏，近来多着呢！

　　对于教训须辨认其动机的公私，不管三七廿一地盲从了去奉行，结果就会被欺。但是有种教训，在施教训的人热心为诸君设想，并无自私的处所，而其实仍是虚伪的东西。这种出于热心而实虚伪的教训，实际上很多，举一例来说：诸君出家门时，父母叮嘱你们"努力用功"。"努力用功"是一条教训。这条教训出于诸君的父母之口，其中笼着无限的对于诸君的热情和希望，可谓绝不含有什么策略的嫌疑的了。可是这真诚的父母的教训，因了说法竟可以成为虚伪的东西的。

　　自古至今，为父母的既叫儿子读书，没有不希望儿子能上进，能努力用功的。韩愈有一首教子的诗题目叫作《符读书城南》的，中有一段云：

　　　　"……两家各生子，提孩巧相如。少长聚嬉戏，不殊同队鱼。

　　年至十二三，头角稍相疏。二十渐乖张，清沟映污渠。三十骨骼成，

　　乃一龙一猪。飞黄腾达去，不能顾蟾蜍。一为马前卒，鞭背生虫蛆。

　　一为公与相，潭潭府中君。问之何因尔，学与不学欤。……"

　　这段文字，如果依照今日的情形改说起来，大意是说："有两个人家各生了一个孩子，幼时知识相同，常在一块儿游耍，后来一个努力读书，一个不努力读书，结果一个成了车夫，受人鞭挞，一个做了大官，住在高大的房子里，何等写意。"诸君的父母叮嘱诸君"努力用功"究出何种动机，原不敢断言，但普通的父母对于儿子都无不希望儿子能"飞黄腾达"，以为要"飞黄腾达"就非教儿子"努力用功"不可。韩愈是个有见解的名人，尚且如此教子，普通的父母当然不消再说了。

　　如果诸君的父母确由此见解对诸君发"努力用功"的教训，那么我敢奉告诸君，这教训是虚伪的。"飞黄腾达"是否应该，且不去管他，要想用了"努力用功"去求"飞黄腾达"，殊不可靠。实际社会的现象不但并不如此，有时竟成相反。试看！现今住高大洋房的，坐汽车的，做大官的，是否都是曾"努力用功"的人？拉黄包车的是否都是当时国民小学中的劣

等生？"努力用功"原是应该的，原是应有的好教训，但如果这教训的动机由于想"飞黄腾达"，那结果就成了一句骗人的虚伪之谈。在韩愈的时代，这种教训也许尚有几分可靠，原说不定，但观于韩愈自己读了许多书还要"送穷"（他有一篇《送穷文》），韩愈以前的杜甫有"纨绔不饿死，儒冠多误身"（《奉酬韦左丞丈二十二韵》）的话，足见当时多读书的未必就享幸福，韩愈对于儿子已无心地陷入虚伪的地步了。至于今日，情形自更不同，住洋房、坐汽车、过阔生活的，多数是些别字连篇或竟一字不识的投机商人，次之是不廉洁的官吏（因为他们如果仅靠官俸绝不能过如此的阔生活），他们的所以能为官吏也别有原因，并非因为他们学问比别人都好。大学毕了业不一定就有出路，中学毕业生更无路可走，没钱的甚至要想在小学读书而不能。今日的实际情形如此，如果做父母的还要用了韩愈的老调，以"飞黄腾达"的动机，向儿子发"努力用功"的教训，真是做梦。做儿子的如果毫不思辨，闭了眼睛奉行，便是呆伯，结果父母与儿子都难免失望。

那么"努力用功"是不对的吗？诸君的父母不该教诸君"努力用功"，诸君不该"努力用功"了吗？决不，决不！我不但不反对"努力用功"的教训，而且进一步地主张诸君应"努力用功"。我所想纠正的是"努力用功"的教训的动机，想把"努力用功"的教训摆在合理的基础之上。诸君幼年狼藉米饭时，父母常以雷殛的话相戒的吧。诸君那时年幼无知，因怕雷殛，也就不敢任意把米饭狼藉。后来诸君有了关于电气的常识，知道雷殛与狼藉饭粒的事毫不发生因果的关系了，那么，就可任意把米饭抛弃了吗？我想诸君绝不至如此。幼时的不敢狼藉米饭理由是怕雷殛，后来的不敢狼藉米饭，理由另是一种：米饭是农人劳动的产物，可以活人，不应无故暴殄。

后者的理由比前者合理，"不该狼藉米饭"的教训要摆在这合理的理由上，基础才稳固。为想"飞黄腾达"而"努力用功"，这教训按之社会实况，等于"怕雷殛"而"不狼藉米饭"，禁不得一驳就倒的。"努力用功"的教训，须于"飞黄腾达"以外，别求可靠的合理的理由才牢固，才不虚伪。所谓可靠的合理的理由，诸君的父母如果能发现，再好没有，万一不能发现，那么非诸君自己去发现不可，绝不该把虚伪的教训只管愚守下去。

教训本身原无所谓真伪，教训的真伪完全在发教训者的动机的公私，和理由的合理与否。校长教师也许会为私人的便利发种种教训，父母为爱子的至情所驱，因了朴素见解也许会发种种靠不住的教训，诸君自己却不可不加以注意考察，审别真伪，把外来的种种教训转而置于合理的正确的基础上，然后去加以切实奉行才对。诸君应"谨守校规"，但须为自己的利益（不仅是除名不除名留级不留级等类的问题）和学校全体而守校规，不应为校长教师作私人便利的方便而守校规。诸君应"努力用功"，但"努力用功"的理由须在"飞黄腾达"以外另去找寻，为发达自己身心各部分的能力，获得水平线以上的知识技能而"努力用功"。总而言之，教训有真有伪，诸君所应奉行的是真的教训，不是伪的教训。

第二，须注意教训的彼此矛盾。

教训的来处不一，所关系的方向亦不一，对于一事，往往有的教训是这样，有的教训是那样，彼此矛盾，使人无所适从的。例如同是关于身体，父母教诸君"保重身体"，学校教诸君"锻炼身体"，父母爱怜诸君，所谓"保重身体"者，其内容大概是教诸君当心冷暖、不可过劳之类，而学校的所谓"锻炼身体"却是要诸君能耐寒暑，或故意要诸君多去劳动。"公要馄饨婆要面"，诸君也许会感到矛盾，左右为难了吧。又如父母教诸君"勿管闲事"，而党义教师却教诸君"打倒帝国主义"，国语教师教诸君在自修时间中多读国文书本，体育教师却教诸君每日要多运动，诸如此类的事例，举不胜举，诸君现正切身受着，当比我知道得多，无待详说。

先就"保重身体"与"锻炼身体"说，二者因了解释，可以彼此统一，毫无矛盾。人生在世不但有种种事须应付，而且境遇的变动也是意料中的事，断不能一生长沉浸在姑息的父母之爱中。为应付未来计，为发达能力计，都非把身体好好锻炼不可。如果如此解释，那么适度的锻炼即所以"保重身体"，同时如果真正要"保重身体"，也就非"锻炼身体"不可了。"勿管闲事"与"打倒帝国主义"亦可因了解释使减除其矛盾性。凡对于某一事自己感到责任的，必是已有相当的实行能力的人。毫没有实行某事能力的人绝不会对于某事感到非做不可的责任，除非是狂人。我们不责乞丐出慈善捐款，乞丐对于物质的慈善事业，当然也不会感到何等的责任。党义教师教诸君"打倒帝国主义"，倘只是一句照例的空洞的口号，别无可行的实际方案，或有了方案而非诸君能力所及的，诸君对之当然不会发生何等责任，结果无非成了一个"言者谆谆听者藐藐"的局面，与"勿管闲事"的诸君的父母的教训，毫无冲突之处可说。如果党义教师的"打倒帝国主义"的教训确有方案步骤，而这方案步骤切合诸君程度，确为诸君能力所及，那么诸君对于"打倒帝国主义"非感到责任不可，既对于"打倒帝国主义"感到责任，那就"打倒帝国主义"对于诸君不是"闲事"了。父母为家庭小观念所囿，教诸君"勿管闲事"，也许就是暗暗地教诸君不要去做"打倒帝国主义"等类的事。但诸君既明白自己的责任，知道"打倒帝国主义"是应做而且能做的事，不是"闲事"，内心已无矛盾，尽可于应行时尽力去行的了。贤明的父母绝不会禁止子女去干力所能及的有意义的各种运动的。国语教师教诸君在课外多读国文书本，体育教师教诸君每日多运动，将如何呢？其实，各科教师都有把自己所授的科目格外重视的偏见，不但国语体育二者如此。对于这种教师的矛盾的要求，应以"整个的程度的水平线"为标准，自定取舍，中学是普通教育，诸君的精力有限，如果偏重了一方面，结果必致欠缺了别方面，对于前途殊非好事。诸君对于各科须牺牲自己的嗜好与偏见，普遍修习。在终日埋头用功的人，体育教师的"多从事运动"是好教训，在各科成绩都过得去而国语能力特差的人，国语教师的"课外多读国文书本"是好教训。各科教师所发之教训原不免彼此矛盾，若能依了"整个的程度的水平线"为标准，自定取舍，奉行上就不会有什么困难了。